鬼ものがたり

今は昔の男と女

桑原茂夫

春陽堂書店

はじめに

大きく立ちはだかるこの世のさだめに
身をよじり苦しみ悶え
ふかく哀しむ、鬼、鬼、鬼……
その慟哭《どうこく》が今も聴こえてくる。

さて、ときは古代、平安のころ、
絢爛たる王朝文化が栄華を誇り、みやびを謳っていたとき、
あたかもそれと拮抗するように
漆黒の闇につつまれた世界がひっそりと、
しかし、力強く息づいていた。

そこでは――
ひとびとは虚飾に身を包むこともなく、
ふかい哀しみを湛えた鬼とともに、
欲望の赴くままに振舞おうと格闘しながら
いきいきとしたものがたりを紡いでいった。

そんなものがたりの集大成として平安末期に記されたという
『今昔物語』の世界をよみがえらせ、
〈いまここでのものがたり〉としてあらたに構築し、
ふかく哀しむ現代の鬼たちに捧げようと！

目次

第1話

鬼になって思いを遂げた修行者

わが身を布で覆った、このようなナリで申し訳ありません。異形の者、まつろわぬ者として追われ、もはや逃げ場のないわたしゆえ、どうかおゆるしください。ただ、命を奪われる前に、ほんとうのことを言い残しておきたいという思いから、鬼のことをまともに聞いてくださる方という噂をたよりに、やって参りました。

しばしのあいだ、お耳を拝借させていただきたく存じます。

わたしは、むかしから修験道の霊場として知られる、大和は葛城山《かつらぎさん》の修行者でした。

この世をこの世たらしめる、あらゆる規範からおのれを断ち、絶対の孤独のなかで、自分のからだの奥深くへと降りて行き、そこにひそむナニモノかに触れ、ナニモノかと交わり、この世のものならぬナニモノかになろうとしていたのです。

●

やがて、空中に鉢を飛ばして食べものを得たり、甕《かめ》を飛ばして喉を潤す飲みものを得たりするくらいは、できるようになっていました。しかし、そうなるとますます道を究めたくなります。

ちょうどそんなときでした。ひとが恐れて入らぬ山奥まで、なんと宮中から使者がやってきたのです。

わたしが山に穿《うが》たれた洞穴の中で、瞑想にふけっているときだったのですが、その使者は洞穴の入り口近くに座り、じっと待っていました。何者かと思い、ふっと振り返ったそのときをとらえて、使者が一気に淀むことなく用件を話しました。

宮中に住むあるやんごとない女性の病を癒してほしい、というのです。医師ではあるまいし即座に断ったものの、はいそうですかと帰ってゆくような手合いではありませんでした。一方的に状況を話すものだから、聞くとはなしに、事情を知ってしまいました。

どうやらそのお方は、モノノケにとりつかれがちなのだそうで、わたしは愚かにも、モノノケというコトバについつい興味を示してしまいましたが、それはそれだけのこと、モノノケを追い払うなど、とてもできない相談、と丁重にお断りしました。

しかし使者もよほど困っていたのでしょう。わたしがすこしばかりモノノケに興味を示したことをたよりに、懲りることなく幾たびも山に登ってきて、なんとかしていただきたいと繰り返します。そのあげく、なんと天皇からの正式の招請状を開いて見せました。絶対の命令です。逆らえば「まつろわぬ者」として徹底的に追いつめられてしまいます。とうとう山を下りて、宮中へ足を運びました。

●

ひと休みする間もなく、さっそくそのお方のところへ案内されたのですが、虚ろな目をこちらにちらっと見せたきり、物思わしげなようすで元気がない、かと思うといきなり、わたしを指差し、からからと嘲るように笑うのです。

わたしは直ちに護摩《ごま》をたき、モノノケを追い立てる加持祈禱《かじきとう》に集中しました。

ほどなくして、そのお方に仕える侍女のひとりが、とつぜん狂ったように泣き叫び、苦しみ始めました。それならばと、さらに強い思いを込めて祈りのコトバを紡ぎ出し、そのコトバできつく縛り上げると、なんとその侍女の懐から、年老いたキツネが転がり出て、その場に倒れ伏しました。

さらにそのキツネに、ひとに憑《つ》いたりしないよう呪文をかけて解放してやりました。これを見て宮中の上《うえ》つ方《かた》たちも、感心することしきりでした。

当のお方も、この加持祈禱ですこし落ち着いてきたように見えました。さしものモノノケも力を失ってきたようで、さらに加持祈禱を続けると、二、三日で、すっかりモノノケは退散し、当人は何ごとがあったのかしらんとばかり、けろりとしていました。

これでお役御免とばかり、山に戻ろうとすると、上つ方たちから「ご聖人《しょうにん》、しばらくここにとどまってはくださらぬか」と引き留められました。まだまだ修行中の身であるのに、聖人という呼び名に、ころっと参ってしまったのかもしれません。まあ、堕落のはじまりなんて、えてしてこうした、他愛ないものかもしれませんね。

そのお方も、すっかり落ち着きを取り戻し、モノノケの近寄る気配もありません。わたしとて油断はならじと、日夜気にしていたので、モノノケのほうもびびっていたのかもしれません。

●

さてさて、ときはまさにま夏。

わたしは暑さに身を委ねていたのですが、ふっと涼しげな風が通り過ぎていき、そのお方の身を隠していた几帳《きちょう》の薄い帷子《かたびら》がふわりと舞いあがりました。几帳の中で、これも薄い単衣《ひとえ》を羽織っていたそのお方のすがたが、わたしの目にまっすぐ入ってきてしまいました。

なんという美しさだったでしょう、すき透るような肌に、うっすらと汗が浮かび、すこし赤みを帯びた頬には愁いがほんのりと漂い、黒い瞳は遠くを見つめているようで、こころここにあらずといった態でした。

その瞬間、たちまち、わたしはわたしでなくなりました。一気にそのお方への愛欲の思いが掻き立てられ、それが炎となってわたしを包み込みました。

わたしはこのまま、この炎に包まれ、焼かれてしまうのか、それもよし、焼かれようではないか、しかしその前に、ほんのひと時でも、わが命をかけて、この美しい、やんごとなきお方をこの腕の中に抱きとめないではいられない、と。

●

刻一刻とその思いは強くなり、もはや自らを制御することができなくなっていました。しばらくの間は、じっとこらえていましたが、侍女が席をはずしたそのとき、矢も盾もたまらず、几帳の中に入り、そのお方に抱きついていました。

突然のことで驚いたそのお方は、わたしの腕から逃れようともがき、さらにわたしが強く抱きしめようとすると、わたしを叩いたり蹴ったりして抗いました。

ただほんの一瞬の錯覚だったかもしれませんが、そのお方の手のひらが、わたしを抱き寄せるように、わたしの背に回されたのが、肌の記憶に深く刻み込まれました。吸いついてくるような、やわらかい手のひらでした。その感覚がますますわたしを狂わせたのかもしれません。

汗がほとばしり出て、全身汗みずくとなりましたが、そのとき、侍女が戻ってきて、大きな叫び声をあげ……

すべてはそこまでのことでした。

わたしは男どもにとらえられ、地下の牢獄に放り込まれてしまいました。

●

しばらくして、牢獄の中で、わたしはわたしを取り戻しましたが、なんとそのお方への思いは、さらに熱く燃え上がるばかり。思わず叫んでしまいました。

見てろよ！　こうなったら食を断ち、死んで鬼となり、あのお方が生きている間に、この思い、かならずや、遂げてくれる！――

さあこれを聞いて恐ろしくなった見張り番は、すぐにこのことを高貴なお方たちに報告したところ、わたしを処刑すれば、わたしを鬼にしてしまうばかりで、かえってコトは厄介になると判断したらしく、あろうことか、わたしを放免し、元いた山に追いやったのです。

もちろん、そんなことであきらめるわたしではありません。

山に戻って力の限り祈りました――あのお方に会えるように、と。

しかし、呪いと愛欲が重なりあう、不純な祈りだったからでしょうか。なんの兆候も得られませんでした。それどころか、祈れば祈るほど、修行者にあるまじきことと、諭されるかのようでした。

道は断たれたのです。

こうなれば残された方法はたったひとつ。あの牢獄で宣言したとおり、死んで鬼になることしかありません。

意を決してただちにすべての食を断ち、十日余りでみごと、飢えて死に、望みどおり、鬼になったのです。

●

身の丈は八尺にまで伸び、
頭は禿げ、
肌は漆のごとくくろぐろと艶をはなち、
目は鋭く光り、
口を開けば耳まで裂けんばかり、
歯は剣のように鋭く尖り、
牙まで生えました。

赤い布を腰に巻き付け、そのまま急いで山を降り、あの方がいるはずの几帳の前に立ちました。

侍女たちの驚くまいことか。その場で気を失う者や、布をかぶって恐れおののく者など、とにかく声もない状態に陥ってしまいました。

しかしそのお方はというと、わたしの思いが伝わったのでしょう、几帳の中にわたしを招き入れ、以前の抗いはどこへやら、わたしの腕の中に身をゆだね、わたしを狂わせました。そして――そのお方も狂いました。

二人ともそれこそ無我夢中になり、思わず出した喘ぎ声は、命を賭して再会した二人が交わす睦言にほかなりませんでした。

やがて、わたしが几帳から出て行くと、周囲はオニだ、オニだ、と喚き散らしていましたが、そのお方のお気持ちをいただいたわたしは、ゆうゆうと宮中から退出しました。そのお方も、まるで何事もなかったかのように、平然と振る舞われていたようです。

このことを知った高貴なお方たちは、コトを公にはしたくないし、かといってこれという対策が思い浮かぶはずもなく、ただただ嘆くばかりで、わたしのほうは翌日もその翌日も、日をおくことなくそのお方のもとを訪ね、限りなくよろこばせ、わたしもまた、日々深くなるよろこびを、味わっていました。

●

もちろん周囲の高貴なお方たちは、ただ手をこまねいていたばかりではありません。さすが現世に力をふるう方たち、怯えているだけではラチがあかないと、各地から高僧を集めました。かれらの知恵と魔力を総動員して、わたしを封じ込めようとしたのです。

わたしのほうも、負けてはいられません。

再び山に籠もって、どんな魔力をも跳ね除けるだけの力を、じゅうぶんに蓄えようとしました。その間、そのお方のもとへ出かけることはやめ、愛欲の思いはじっとこらえ、この世のものならぬ力を得ることに専念しました。

そしてわたしに、もうじゅうぶんな力が蓄えられたという自信が生まれたとき、間をおくことなく宮中に出向き、周囲からの、見て見ぬフリをする視線をイヤというほど浴びながら、例の几帳に入っていきました。あのお方も、このときを待ち焦がれていたかのごとく、素早く几帳に入りました。

再会のよろこびをひと言ふた言交わしたあと、わたしはそのお方を抱え、几帳の外へ躍り出ました。

ひそかに集まって成り行きを見守っていた、宮中の人たちが、わたしのすがたを認めるや、恐れ惑い、しかしどうすることもできずに、好奇のおもいにみちびかれるまま、そのお方とわたしから目をそらさずにいました。

ここぞとばかりに、わたしとそのお方はあられもないすがたになり、ひとまえでは絶対にしないような行為を、あえてはげしく、してのけました。周囲には厳かな儀式を見守るような気配さえ漂っていました。

●

わたしとそのお方は、すぐに宮中を後にして、遠い山の中に籠もり、わたしの魔力を頼りに、二人で永遠のときを刻んでいくつもりでしたが、やはりというべきか、さすがというべきか、宮中の力は侮れません。

ついに居所を突き止めたようで、すぐにでも追及の手が伸びてこようという気配を感じ取ったわたしは、そのお方を置いて、まずはここにやって参りました。

そのお方は捕らえられても、ただわたしにかどわかされただけのこと、という沙汰がくだされることでしょう。コトを穏便におさめようとすれば、それしか方法はないのではないでしょうか。

もちろん、わたしのほうはそういきません。

もうこれまでと覚悟を決めました。

すべてをわが身とともに葬ります。では――

第2話

都の男たちをふるえあがらせた妖しい小箱

とんでもないことに巻き込まれてしまったようです。

なぜわたしがそんな目に遭わなければならなかったのか、さっぱりわかりません。信じていただけないかもしれませんが、なにはともあれ、ありのままをお話しすることにいたします。

わたしがお仕えしていた殿は、関白殿といわれる、それはそれはやんごとなきお方に信頼されていた殿でしたが、その殿のご命令で長い出張に出ていました。つまりやんごとなきお方のご命令と心得ての出張でした。そのときになにか不祥事を仕出かしたとか、女に無礼をはたらいたとか、そんなことは一切ありませんでした。

いいえ、これはほんとのことで、その地で女と親しくなって「ドコソコ妻」にするなんて、わたしにはとんと縁のないことでして。というわけで、まあなんとか無事に出張を終えて、美濃のわが家に帰るときのことでした。

●

都を出る「一の橋」を渡ろうとした夕暮れどきのことです。

橋の途中に、ふっとひとのすがたがあらわれました。馬に揺られての長い道中でしたから、うつらうつらしていたのかもしれません。どこからあらわれたというのでもなく、ひっそりそこに立っているのに気づきました。

あおーく透き通るような単衣《ひとえ》を身に着けて、しかも裾を取ってぼんやり。長い髪の女がひとり、夕暮れ時にこんなところに立っているなんて、尋常なことではありません。それに滅法色っぽい。どうせ近くにわるい男がいるのだろうと思って、さっさと通りすぎようとしたそのとき、声がかかりました。

「どちらへ？」

まっすぐ自分に向かってくる声でした。思わず馬を止め、こたえました。

「美濃のほうへ」

すると女は、お急ぎのご様子ですね、などと言いながら近づいてきました。

「うむ」

とそのとき、じーっと馬上のわたしを見つめる女の目が真っ青に染まっていきました。そんなことはないはずですが、たしかにそう見えたし、しかもすごい力でその目に吸い込まれそうになって、思わず馬から降りてしまいました。

女のほうは畳みかけるように話を進めます。

●

「お願いしたいことがあります。聞いてくださいますね」

すでに馬から降りて女の目の前に立っているのです。否も応もありません。

女は懐から、浅葱《あさぎ》色の布で包んだ、小箱のようなものを取り出しました。

「この箱を『四の橋』まで持って行っていただきたいのです」

「えっ」

「その橋の北詰めに、わたしのような女がひとり待っているので、この箱を渡してほしいのです」

なんだかあやしげな話なので、断ろうと思ったのですが、その女の目がさらに青く、深くなっていくようで恐ろしくなり、ハラを決めてその箱を受け取りました。

「四の橋のたもとにいるという、その方のお名前は？」

答えはありません。じっと見つめられて、たましいをすっかり抜き取られたような気分にはまりこんでいました。うわのそらで、さらに質問を重ねました。答えなんか期待していませんでしたが。

「もし四の橋にいなかったときはどこに訪ねていけばいいのか……」

「ご心配には及びません。かならずそこにいるので、間違いなくお渡ししてくだされば いいのです」

気がかりだから聞いたのに、このなんとも押しつけがましい答え。

これにはまいりましたが、逆らうのが怖くて、もうなにも言わず、小箱を抱えて馬に戻ろうとしました。

そのときです。女が強い口調で言いました。

「あなかしこ、ゆめゆめこの箱開きて見給うな」

絶対にあけて見るな、と。

「承知」

そんなふうに答えるしかありませんでした。

●

ところがその女のもとを離れて馬上に戻ったとき、わたしの従者が不思議そうな顔をして言いました。

「だんな様、どなたとお話ししていたのでしょうか」

「どういうことだね」

「いえね、いきなり馬を止めて、降りなさったかと思うと、どなたかとお話しなさっているようでしたが、わたしにはだれも見えませんでした。だんな様の向こうにどなたかがいらっしゃって、その方とお話しなさっているのだろうとは思いましたが、とうとう、どなたも見えなかったものですから……」

驚きました。あの女のすがたは従者には見えず、わたしにしか見えなかったというわけで、ぞーっとしました。

でも預かった小箱は、たしかに腕の中にあります。

何がどうなっているのか、皆目見当もつかず、何か恐ろしいことがわが身に降りかかってきたのではないかと思えまして。そうなるともう一刻でも早くわが家へと、従者ともども、馬を急がせました。

●

馬を走らせているあいだ、あの女の真っ青な目に、頭上からずっと見つめられているような、妙な気分がつづいていました。

そんなまぼろしの視線をふり払おうとしていたためでしょうか、帰り着いたときにはぐったり疲れていて、女に頼まれていた四の橋のことも、すっかり忘れているのに気づきました。とはいっても、すでに闇の気配が濃くなってきています。あらためて外へ出て、馬を走らせる気力なんて、どんなに振り絞っても出てきません。

ただ小箱のことは忘れることができなくて、明日朝一番で四の橋へ届けようと思い決め、包みを解くこともなく、居間の棚に置いておきました。

気がかりではありましたが、まあ冷静に考えれば、かなり強引な頼みごとを引き受けたのですから、少しくらいの遅れは許されるだろうと、無理にでも心を落ち着けようとしました。

●

さて、その夜更けのことです。寝床に入りはしたものの、まんじりともできずにじっとしていると、甲高い妻の叫び声が、居間のほうから聞こえてきました。すわ何ごとと起き出して行くと、畳の上に包みが解かれ、蓋も取られた小箱が放り出され、妻がそれを指さして、わなわな震えています。

「あなた、何なのです、これは」

一瞬のうちに、事情が呑み込めました。

妻が例の包みを居間の棚に見つけ、わたしに無断で小箱をあけてしまったのです。わたしも何が入っているか知らなかったし、青い目の女からは、絶対にあけてはならないと、つよく釘をさされていましたから、包みを解くことさえしなかったのに。

なんてことを！　と思いながら、小箱の中を覗いてみると、さて何があったと思われますか？

いや、びっくりしました。そこには、くりぬかれたとおぼしい目玉と、男のモノが、びっしり詰められていました。男のモノにはそれぞれ根元に毛がついていて、なんとも不気味な、醜いものでした。


「どうしてあけたんだ」

「見たことのない、きれいな包みが棚に、大切そうに置いてあったので、てっきりあなたが、どなたかに贈るつもりで、都から持ってきたんだろうって」

「どなたって、どなただよ」

「女に決まってるじゃない。長いこと都に出張だったから、そんなこともあろうかと」

「あるわけないだろ。だいいちそんなおみやげだったら、すぐ見つかるようなところに置くものか」

「ふん、それにしても、何なのよ、それ、気味わるいわ」

「ほんとにな」

「知らなかったの？」

「全然。それに、絶対にあけるなって、きつく言われていたんだ」

「だれにですか?」

「知るもんか」

もちろん妻がこんな説明に納得するはずはありません。わたし自身が、夢の中の話としか思えないのですから。

「だれにあけるなって言われたんですか?」

「うるさいやつだな、鬼だよ、オ、ニ!」

こんなことをいいながら、あっ、そうか、そういうことなのかもしれない、と。

鬼の仕業——なるほど、そう考えれば得心がいかないでもありません。それにしても、妻の嫉妬心にはあきれ果てましたが。

●

翌日。夜が明けきる前に、従者も連れず、ひとりで馬を走らせ、四の橋に向かいました。もちろん懐には、件《くだん》の小箱、元のように浅葱色の布で包んだものをしのばせました。

さて、話に聞いたような女がいるかどうか、半信半疑で四の橋に近づくと——果たして、いました！

橋のたもとに、ゆうべの女と同じ、青く透きとおるような単衣を着た、長い髪の女がひとり、ぽつねんと。

馬を降りて、包みを懐から出しながら、その女に近づきました。

向こうでもすぐに気づいて、わたしを真正面からじっと見ています。

包みを差し出しながら、ゆうべ一の橋で頼まれたものだが、と言うと四の橋の女は黙って受け取り、礼のひと言もあらばこそ、すぐにきつい言葉を投げかけてきました。

「あけましたね」

「いや、そんなことは」

「うそです！　中を見ましたね！」

「いや、そんなことは」

むなしい抵抗でした。どんなに打ち消してみても無駄でした。なにもかもお見通しと覚悟を決めました。わたしの推測ですが、たぶんその包み方そのものに仲間内だけの符牒のようなものがひそんでいたのだと思います。

「妻が、つい」

「絶対にあけるなと言われていたはずです」

「そのとおりです。申し訳ありませんでした」

「中を見たのですね」

「はい、しかし」

「しかし、なんですか」

「ひとには絶対に漏らしません」

「とーぜん、です。もうあなたのお命はわたしどものものです。どういうことが起ころうと、それはあなたが自らまいた種によるものです」

「覚悟しております」

「潔いそのお覚悟に免じて、ここからは帰してあげましょう」

「ありがたいことです」

「それと、箱に入っていたものですが、あれは、わたしども女をもてあそび、虐げ、愚弄した、あわれな男どもから取り上げたもの。くれぐれも内密に！」

　と、そういった次の瞬間、女のすがたは朝ぼらけの中に溶け込むように、消えていきました。どうやら妖しい小箱は、かなしい女からうらみの女へ、うらみの女からかなしい女へと次々に手渡され、都をわがもの顔でのし歩く男たちをひそかに震撼させていたものだったのですね。

●

小箱に収められた男のモノは、そのもの自体が女の思いを物語っていると思いますが、目玉が何を意味するのか、謎でした。

でも今はその謎も解けたような気がしています。

くるしむ女を冷然と見おろしてきた、男たちの目玉だったのではないか、その目玉に映ったものを永遠に消し去って、女が安穏を得る、そのためのものだったのではないかと……まあ、謎は謎のままのほうが、いいのかもしれませんが。

ここまでお話ししたら、なんだかいろいろな苦しみが消えていき、らくになってきました。このまま命が尽きていくにちがいありません。お話を聞いてくださって、ありがとうございました……

第3話

あなうまげ。ただひとくち。

鬼をこの目で見てしまったんですよ、あなた。

いま思い出しても恐ろしうて恐ろしうて、背筋がさむくなります。うっかりだれかれかまわず話そうものなら、どんな目にあうか。とても生かしておいてはくれまいと思えばこそ、ずっとこの痩せさらばえた胸におさめてきたんですが、いよいよ命数も尽きる時が近づいてまいりましたゆえ、お話ししてしまいましょう。

いえいえ、歳はとっても、長い間何度も繰り返し、だれに聞かれることもなくひとり語りしてきましたから、話に間違いはございませぬ。

　わたしがさる高貴なお方にお仕えしていた、若いときの話です。

●

わたしには父もなく母もなく、親類縁者とて誰一人いるわけでなく、まったくのひとり身でしたから、お仕えするお邸がわたしのすべてでした。娘らしい華やいだことなんぞ、何ひとつなかったのですが、しょせんそんなものと、控えめに過ごしておりました。ところがどうしたはずみか、そんなわたしのところに、忘れもしません、強い風の音がする春の夜のこと、寝床に何者かがしのび込んできました……いえいえ、いまだにそれがだれであるかはわかりません。

　身をよじって逃げようとしましたが、胸もとにその方の指先が触れたとたん、にわかにからだじゅうの力が抜けて、身動きすることもできなくなりました。それどころか、魂はふわふわと、宙に舞いはじめたようで、わたしはわたしでなくなりました。

　そんなこととって初めてですから、こわいやら恥ずかしいやら、声も立てられず、されるがままでした。

その方がいつ、なんと言って立ち去ったかさえ、わかりません。

わたしは淫らな女なのでしょうか、その方が再びしのび込んできたときは、思わずこちらからしがみついてしまいました。

そしていつしか、その方を待ち焦がれるようになってきて……あらまあ、はしたない、こんなことまで話さなくてもよいものを。

われに返ったときは、おなかの中にややこが。

ややこをとってもいとおしく思う気持ちと、どうすればいいのかという焦りで、こころの中は乱れに乱れ、困り果てました。お仕えしている方に打ち明けることも考えましたが、何をどのように話せばいいのでしょう。なによりも恥ずかしくて、ただただ恥ずかしくて、何も言い出せませんでした。

●

それでもう覚悟を決めました。ふだんからわたしの身の回りの世話をしてくれるメノワラワ（女の童）だけを連れて、人知れぬ山の奥へ入り、大きな樹の下ででも、草に埋もれてでも、このややこを産もうと。

あなたまあ、こうと思い決めたときの女は、つよいものです。子どもを産むことさえできたら、わたしなんぞは死んだっていい、そこにシカバネをさらせばよし、子どもが無事でありさえすればと、ただそれだけ。だれが育てるだの、お邸はどうするだの、そのときはなにも考えませんでした。

そんな覚悟を決めていても、臨月が近づくほどに不安が揺り戻してきたりもしましたが、なんのその、です。メノワラワに手伝ってもらい、山籠もりに備えてひそかに食べ物を用意したり、産着になる布を準備したり、それなりに着々と。

●

とこうするうちに、そのときがいよいよ近づいてきましたので、夜が明ける前にお邸を出て、どうにか都のはずれまで歩き、山深くへ入って行きました。身重のからだですし、難儀でしたが、メノワラワの助けもあってなんとか足を進めていくと、朽ちたひとつ家がありました。

とてもひとが住んでいようとは思えない、あばら家でしたが、なんとか雨露はしのげそうなので、メノワラワといっしょに思い切って中に入りました。板の間は半ば朽ちかけていて、踏み抜きそうになったりもしましたが、かまわず奥に入ると、そこに思いがけず、ひとのすがたがありました。

長い髪をゆったりと片寄せにした妙齢のご婦人が、向こう向きに座っていたのです。

驚いて思わず後ずさりましたが、ご婦人は気配を察して振り返り、そーっとこちらに目を向けました。

あっ、申し訳ありません——声も掛けずに入ってきたことを詫びると、ご婦人は案に相違してやさしく、こんなところに何をしにおいでなさったのですか、ともの静かに聞いてきました。

こちらはもはや頼る者とてない身。ここまで来たわけを、ありのままにお話ししましたら、それはそれはお気の毒に、と。そして、ここでお産みになればと、さらに奥の方へ案内されました。

そこには一枚の、まだ新しいと思える畳も敷いてありました。なんとまあ、ありがたいこと！　外から見ただけでは、こんな部屋があるなんて想像もつきませんでした。

この時に、普通でないことに気づくべきだったのかもしれませんが、そんな余裕もなかったし、だいいち、気づいたところで何をすることができたでしょう。臨月を迎えたわたしが尋常でなかったことだけは、お察しくださいｃ。

●

それからほどなくして、そのご婦人に手を貸していただきながら、なんとか産み落とすことができました。男の子でした。

元気な産声《うぶごえ》が、あばら家いっぱいに響きわたりました。

ご婦人もたいそうよろこんで、こんな片田舎のあばら家に住むわたくしゆえ、たいしたことはできませんが、とにかくゆっくり休んでいきなさい、と言ってくれました。

ここまではほんとによかったのです。夢のような時間でした。

●

ところが、生まれて二、三日したある日、赤ちゃんにお乳をあげ、添い寝しながらうとうとしているときでした。ご婦人が、こちらに向かってぶつぶつ呟いているのが聞こえてきました。何を言っているのだろうと、耳をすませると、なんと！

——あなうまげ。ただひとくち。

と言っているではありませんか。

え、なに、なんと言ったの？

うまそう？

ひとくちでなに？

と思いながら薄目をあけて声のする方を見ると、その周辺にはなんとも恐ろしげな気配が漂っています。

そこにいたのは、妙齢のご婦人どころか、全身を深い皺で包まれたような、齢《よわい》も定かならぬ老婆でした。

しかも、眼はらんらんとかがやき、口は真っ赤に大きく裂け、額の上には角が見え隠れしています。

――これは鬼にこそありけれ！

そこにいたのは、鬼だったのです！

でもわたしには赤ちゃんがいます。

易々と鬼に食われるなんて、とんでもないこと！

ハラをくくって鬼と対決すべく、赤ちゃんを抱きしめ、しっかり目をあけました。

ところが、思いがけないことに、さっき見た鬼は、どこにもいませんでした。

ご婦人は、びっくりしてわたしを見ています。

それは間違いなく、さっきまでやさしくしてくれていたご婦人です。不思議に思いましたが、その分よけいに恐ろしさはふくれあがってきました。

●

でも、たしかに鬼を見たのです。

「あなうまげ、ただひとくち」といった言葉もはっきり耳に残っています。

もう逃げ出すことしか考えませんでした。

するとご婦人は、横になってすやすや寝息をたてながら眠ってしまいました。そうか今は休んで、こちらを油断させておいて、夜になると恐ろしい鬼になり、襲ってくるのにちがいない。そう思うと、いてもたってもいられません。

メノワラワはわたしがちょっと目配せしただけで、それと察したようでした。

すぐに赤ちゃんをメノワラワに負わせ、いざとなれば、この子だけでも助けたいと、こころの中で仏さまに懸命に祈りを捧げながら、そっと表に出て、大急ぎで山を下りて行きました。わたしは子どもを産んだばかり。走るなんてとてもとても……メノワラワの背を見失わないようにするのが精一杯でした。

さいわい、ご婦人が追ってくるようすもなく、日暮れまでにはお邸に戻ることができました。

もちろんお邸では、いろいろと聞かれましたが、なにがなにやらわかりませんと、ひたすら泣いていました。赤ちゃんを産めたこと、鬼に襲われそうになったこと、いろんなことがいっぺんに押し寄せてきて、ほんとうに泣くしかなかったのです。

●

ただその後も、鬼に出会った秘密は隠し通しました。

こんな恐ろしいことがあった、あのあたりには鬼がいるだなんて、口が裂けても言えやしません。しゃべったとわかったら、かならず鬼に復讐されるそうですから。

でも、あれは、ほんとうに、あったことなのでしょうか。もしかしたら、わたしがどうかしていただけなのかもしれません……

あっ、そうそう、念のためですが、鬼になったご婦人、いやご婦人に変身していた鬼のことは、ここだけの話にしておいてくださいね。わたしもひと様にお話しするのは、初めてなんですよ。

すべてがわたしの思い違いかもしれないし、たとえ鬼だったとしても、妙齢のご婦人がたったひとりで、あんな山奥にひっそり住んでいるなんて、なにかよほどの事情があったにちがいないと、今のわたしには思えるからです。

くれぐれもご内密にお願いします。

ほかの人に話したりしたら、あなたにもどんな鬼が襲ってくるか、わかりませんよ。

第4話 男を酔わせた美女の鞭打ち

のっけから変な奴だと思われるかもしれませんが、いや、じっさいわたしは自分が幽霊にでもなって、ふわふわさまよっているのではないかと、自分で自分を疑っているくらいですから、そう思われても仕方ありませんが、ひとを探しているのです。女のひとです。たしかにひとのはずなんです。あっ、すみません、妙なことを言って。

じつは、ほんとにこの世のひとなのかどうか、もしかしたら鬼だったのかもしれないなどと、どうにも自信が持てなくなっていて。

すべてが夢のようでもあり、マボロシのようでもあって……

●

はじめてそのひとに出会ったときのことから、お話しします。

二年前の夏、暑いさかりのまっぴるまでした。この世を捨てて山に入ろうとハラをくくって歩いていたとき、ちっちっちっと、舌打ちするような妙な音、いわゆる鼠鳴《ねずな》きが聞こえてきました。そちらのほうに目を向けると、通りに面したひとつの窓が開き、白い手がひらひらと舞い、おいでおいでをしています。

ふっと近寄ると「ちょっとお願いしたいことが」という若い女の声。聞き返す間もなく「その戸は押せば開きます。どうぞ」。

失うものとて何もなく、恐れるいわれもありませんから、言われるままに戸を押し開けました。

「さあ、その戸を閉めてこちらへ」

近くへ寄ってみると、はたち過ぎの、匂いたつような美しい女《ひと》。このようなことを生業《なりわい》にしているのかとも思いましたが、なかなかどうして、気品はあるし、肌が荒れているようすもありません。その笑顔には、どこか恥じらいさえ見えます。

いっぺんに魅かれました。

迷いなどひと筋もありませんでした。ただただその女に魅かれ、そんな気持ちがどこに残っていたのかと、われながらおどろき呆れ、どんな罠が仕掛けられていようと、それはそれでいい、絡めとられてみよう、と。

するとそのひとは、窓を閉めた薄暗がりの中で、着ているものをさらりと脱ぎ落としました。こんな美女から誘いをかけられて、放っておくテはあるまい。

ええい、ままよ。

抱きしめると肌身はやわらかく、そのまま深く包み込まれていきます。

こんなことがあるなんて、まだこんなことがあったなんて、こんなことが……とつぶやきながら、ただただ溺れていきました。

●

深く深く溺れ、逃れようとしてはまた溺れ、いつの間にか、日も暮れかかっていたことに気づきました。そのとき、入り口の戸を叩く音がしたので、女の頼みに応えて、起き上がって入り口に行き、戸を開けると、サムライめいた男と、その連れ合いのような女、それに下働きらしい女が、当たり前の顔をして、一緒に入ってきました。

そして、女への挨拶もそこそこに台所へ行き火をつけ、黙々と食べ物を調理し、食器に盛り付けて、二人に給仕してくれました。

自分の分までちゃんと用意してくれたことに驚きつつ、女がどんな手立てを使って、彼らに自分がいることを知らせたのか、不思議に思ったりもしましたが、そんなことよりもとにかく空腹だったので、そのような疑念も捨て去り、夢中になって食べました。女も同様でした。

食べ終わると、きれいに後片付けをしてから、三人は消えるように立ち去りました。なんだったんだろうと思う間もなく、女はわたしに戸を閉めさせてからすり寄ってきました。わたしも元気を取り戻していたので、飽くことなく抱き合いました。

やがて夜が明けると、また入り口を叩く音が聞こえてきて、こんどは、昨夜の三人とは違う者たちが入ってきて、掃除やら何やら、朝の支度をして、朝食ばかりか、昼食まですっかり用意してくれました。

ことほどさように、至れり尽くせり。まさに夢のような日夜が、二十日あまりもつづいたあと、女が呟くようにわたしに言いました。

——今は生けむとも死ぬとも、わが言はむことは……そのいのち、わたしにいただけますか、と聞こえました。

もちろん拒む理由などありません。「生かすも殺すもあなた次第」とわたしは答えました。本気でした。すると女はよろこんで、これまで入ったことのない、おそらくはいちばん奥にある狭い部屋へ、わたしを連れて行きました。そこには見たこともない、木組みの装置がありました。

「さあ、裸になって、背中を出して」

わたしは言われるままに服を脱ぎ、木組みを抱くような格好で腹ばいになりました。すると女は荒縄を取り出し、わたしのからだをぎりぎりと木組みに縛り付けました。なされるがままでした。なされるがままでいることが心地よく思えました。

女の手が背中に触れたとき、わたしは思わずうめき声を出してしまいました。

これまで味わったことのない快感が、そのやわらかい手のひらから、一気に広がってきたからです。

●

しかしそれも束の間のこと。女はいつの間にか鞭を手にして、それをわたしの背中に振り下ろしました。

しなう鞭が、わたしには女のやさしい手のように感じられました。女はためらうことなく、立て続けに鞭をしなわせ、わたしの背中を打ち据えました。女の呼吸も乱れてきます。八十回を数えたとき、鞭はやみました。

――どう？

――けしくはあらず。

どうだったか聞かれて、とくにどうということはない、とわたしは答えました。じつは、どうとでもないどころか、気分高揚、どう答えてよいかわからなかったのです。

女はその答えを聞いてよろこびました。

――さすがに見込んだだけのことはあるわ。などと言って、鞭打ちによる出血を止めるためだといって、酢を飲ませたり、土間に臥せさせて、傷から生じる熱を冷ましたり、甲斐甲斐しく回復につとめてくれました。

　そして、いつもの部屋に戻ったとき、わたしはもとより、女もすっかり昂《たか》ぶっていて、ふたりして、かつてないほどあらあらしく、新しい夢の世界へ入っていきました。

●

　それからは、鞭による腫れがひくまで待っては、鞭打ちが繰り返されましたが、ある夕方のこと、弓矢を持たされ、戦いの衣装を着せられたうえで、たんたんと告げられました。

「今宵、仲間と貴族の邸を襲います。よき人たちから奪って蓄えた財宝を、取り返します。たとえ警備の者たちに捕らえられても鞭打ちの拷問には耐えられるはずです。それよりもなによりも、すぐれた仲間が一気呵成《いっきかせい》にコトを運ぶので、捕らえられることもないでしょう」

　つまりは、義賊の一員にされていたのですが、悔やんだりすることはまったくありませんでした。生かすも殺すもあなた次第だとはっきり言った、その言葉にウソはありませんでしたから。

　コトは女の言ったとおりに運び、大過なく済んだ明け方近く、あらかじめ告げられていた集合場所に行くと、二十人ほどの仲間が集まっていました。想像以上に多く感じましたが、そこから少し離れた岩場に、黒い衣裳に身を包んだ、色白の小柄な男が腰かけていて、どうやらその男が首領らしく、挨拶の仕方やことば遣いから、仲間たちが皆、一目置いているのがわかりました。

　それがだれであろうと、詮索するなんてもってのほかと心得ていましたし、あくまでも新参者らしく振る舞いました。

　まあそんなこんなで、わたし自身も仲間から信頼されるようになりましたが、わたしとしては、義賊の仲間として認められようが、そこから追われようが、女との絆が切られなければ、それでよかったのです。

●

　そんなことが繰り返され、ますますその女とは離れがたく思っていましたが、あるとき、女がどこかしみじみとした風情で、目に涙さえ浮かべているのを見て驚き、さすがにこのときは、どうしたのか、思わず問いかけてしまいました。

すると女は、人の世界では、心ならずも別れることもあるのですよ、などというので、なぜ今さらそのようなことを、と畳みかけましたが、

――あはれ、はかなき世の中は……

それが女の答えでした。

●

それからすぐのことです。女から、馬で半日たらずのところにある、山の隠れ家での仕事を頼まれました。従者として若い者を二人つけてくれ、さっそく馬を走らせました。隠れ家に着いたのは夕暮れどきで、その晩は仕事の段取りを打ち合わせて眠りにつきました。

その翌朝のこと――

外へ出てみると、従者たちが乗ってきた馬が見えません。そればかりか、従者たちのすがたも見えません。

何が起こったのか、これはおかしい、ただごとではない、何か異変があったのだ、そ

う思うとすぐに行動を起こしました。

馬に飛び乗り、女のところへ向かったのです。

ほかに何をすることがあったでしょう。無我夢中でした。

女のところに着くやいなや、家の中に飛び込みました。

ところが、なんと、そこはモヌケノカラ。

女のすがたも、その気配すら消されていました。

そのときでした。あはれ、はかなき世の中は、などと女がつぶやいていたことを思い出しました。女は自らそのすがたを消してしまったのだ、と思わざるをえませんでした。

●

そして、なんの脈絡もなく、義賊団の首領とおぼしき男のすがたを思い出しました。

小柄なからだを、黒の衣裳できりりとつつみ、あたまにはこれも真っ黒な頭巾をかぶり、眼元だけがのぞいているのだけれど、その眼は鋭い光を放ち、きらきらと輝いているように見えました。まさに眼光鋭く、周囲のすべてを射すくめるような力を湛えているようでした。

衣裳と対照的に肌は抜けるように白く、その全身からは他を威圧する不思議な力が発せられていました。この世のものとは思えない力です。

そこには、知的な冴えも漂っていました。

そのすがたに、あの女のすがたを重ねてみても、これっぽっちも違和感はありませんでした。

なるほど、と納得いくところもありました。

次の的を絞ることができると、それまで拠点にしていたところをすべて、塵ひとつ残すことなく引き払い、追っ手が目星をつけた時は、何も証拠を手に入れられない状態にしておいたのでしょう。

首領は、腕っぷしなど問題にならないほど、的確で緻密な情報の収集や読み取りに長《た》けていて、すべての作戦が、相手のスキをつき、警戒をはるかに上まわるものだったのだと思います。

●

そんな素晴らしい首領に、わたしは見捨てられたのでしょうか。

にわかには受け入れられませんでした。

じつはすべてが夢の中のできごとであって、あのひともこの世のものではなく、どこか遠い彼方からこの地に舞い降りてきた、異郷のひとだったのでしょうか。

鬼の化身だったのかもしれません。

それでもいい。あのひとが何者であってもいい。

鬼でもいい。

会えればいい。

会いたいのです。

どうすれば会えるのでしょうか……

第5話

骨と皮ばかりなる妻を抱きしめ

ひとさまから見ればほんとにバカな男だと思います。
しかしそんなわたしでも、いまはいとしい妻に夜ごと夜ごと命を捧げ、
いつか妻のいる世界へ行くことを、たのしみにしているのです。

●

数年前までは、都にいながらもウダツの上がらない、貧しい下級武士に甘んじていま

した。お仕えしていた殿が、ぱっとしない役回りしかおおせつからなかったので、わたしもワリを食っていた感じです。しかし、そのことに不満はありませんでした。なんとかかんとか日々の糧食は得られていましたし、実はわたしには美しくもこころやさしい妻がいました。

貧しさに不平を訴えるような妻ではなく、わたしといることをよろこび、月明かりが差し込む板敷きの部屋でわたしが求めると、どこまでも深く受け入れ、わたしに生きる力をみなぎらせてくれる、そんな妻でした。

ところが、そんなわたしの境遇に、大きな変化がやってきました。

不遇をかこっていた殿に、突然幸運が舞い込んできました。遠いとはいいながらも、ある国の守《かみ》を命じられたのです。青天の霹靂《へきれき》というべきことで、殿はもとより、その周辺の方々も大慌てでした。

●

さあ、わたしはどうなってしまうのだろうと、不安にかられていたときに、殿から呼び出しがかかりました。

そして、なんと、おまえもこのまま都にいてもしようがあるまい、新しい任地について こないか、これまでよりなにかと頼むこともあるだろう、との仰せでした。

うれしいやら、ほっとするやら、

――いとうれしきことにそうろう
と即答してしまいました。

もちろん妻も一緒に、と思っていたのですが、殿は、貧乏ザムライのわたしに妻がいるなどとは露ほども考えていなかったようで、いろいろと準備も費用も必要だろう、ついては、と、知り合いの裕福な家の娘さんに引き合わされました。

びっくりしたわたしに、娘さんは、どうぞよろしくお願いしますとアタマを下げ、わたしは右往左往するばかり。これを、わたしが恥ずかしがってのうろたえと、殿は見て取ったらしく、心配することはない、万事これで安心じゃ、すぐにでも、遠い国へ行く旅支度やら、任地での準備など、万端整えるようにとの仰せでした。

●

さあ家に帰って、妻にどう切り出したものか。

とりあえずは、殿の新しい任地へ単身でついて行くことになった、準備もろもろも殿のほうで、手配してくれる云々、と言い逃れはしたものの、だいいち、わたしのこころが晴れません。いとしい妻に嘘偽りを重ねたうえで、出発しなければならなかったのですから。

しかしもっと罪深かったのは――

殿に引き合わされた娘さんから、経済的にずいぶん助けてもらっただけでなく、準備をあれこれ進めるうちに急速に打ち解け、勢いのおもむくまま肌を重ね、深く親しむようになってしまったことです。

妻には、嘘をつき通しました。

とまあ、そんなこんなで、出発前まではどうもすっきりしなかったのですが、いざ旅支度をして任地に向かうそのときから、なんだか新しい力が湧いてきて、人生を一からやり直す、意気込みさえ感じるようになっていました。

任地に入ってからも、娘さんからつぎつぎに、あたらしい感覚を掘り起こしては、さらにいとおしみ、妻との濃厚だった記憶は、ひと夜ひと夜削ぎ落とされ、闇へ溶けていってしまいました。

●

やがて、予定されていた任期も無事に過ぎようとするころ、殿には、これまでよりさらに重要な、都での任務が命じられました。

都へ戻ることになったのです。

すると不思議なことに、都に残していった妻のことが、にわかに気になってきました。任地に着いてからこのかた、どんどん記憶が薄れていったはずのかつての妻を、いとおしむ気持ちが日に日によみがえってきたのです。

いったんは忘れ果てていた妻のすべてが、まったく新しいなにものかになって、わたしの全身を突き動かしてきます。

わりなく恋しくなりて、にわかに見まほしくおぼえければ——

気が狂うほど恋しく思えて、すぐにでも会いたくて、触れたくて、いとおしみたくて、といった心境にもなり、ついには、肝身を剃ぐというほど、身を引き裂かれる思いで、時を過ごすありさまでした。

いよいよ殿とともに都へ戻るにあたっては、都へ着いたらその足で妻のもとへ行こうと、思いつめていましたから、都へ入ってすぐに、娘さんを実家に帰し、自分は旅装束も解かずに、懐かしいわが家へ走り寄りました。

●

家の門は風にまかせて、開いたり閉じたり。

なにもかも荒れ果てて、とても人の住む気配などありませんでした。

中秋の頃とあって、月は煌々《こうこう》と冴え渡り、かえって寂しさをふかく感じさせます。

夜冷《よさむ》にて哀れに心苦しきほどなり——

夜風が肌に冷たく刺さってきて、こころを揺さぶりました。

すでに後悔と哀しさで、わたしはずたずたになっていましたが、それでも家の中に入らないではいられませんでした。

●

すると驚くべきことに——いつも妻が座っていたあたりに、当の妻がぽつんと。
気配を察したのか、わたしのほうを見やり、うれしそうに微笑みながら、

「おやまあ、いつお帰りになったのですか」と。

それがとても素直な問いに聞こえたので、わたしのほうも、近ごろ自分の中で高まってきた思いのたけを打ち明け、

「いまはともかく」と、そっと抱き寄せました。

妻はしがみつきながら、すすり泣きました。

もう言葉などいりませんでした。

妻は美しく、ほんとうに美しく、以前よりずっと甘美な感覚を味わいながら、しっかり抱き合いました。

●

かかるほどに暁になりぬれば、共に寝入りぬ――

繰り返し妻と抱き合い、やっと暁どきになって、しっとりと汗ばんだ肌を寄せ合い、ふたりして眠りにつきました。

やがて夜もすっかり明けて、朝日がきらきらと差し込んできます。

家の中の隅々まで、くまなく明るい光にさらされました。

すると、ゆうべとまるで違う気配が、わたしのねぼけアタマを叩き起こしました。

あばら家の、あまりにもあらあらしい雰囲気に目を覚まされ、腕の中に抱いているはずの妻に目をやって――

すぐに半身を起こして、妻の全身を見ると、そこには――

枯れがれとした、骨と皮ばかりの――

まさに死びとがひとり――

横たわっていました。

驚くまいことか。

恐怖にとらわれ、衣をあわてててかき集め、庭に飛び出し、あらためて家の中を見ると、そこには確かに死びとがひとり――

●

いったいなにがあったんだ。

わたしは素知らぬふりをして隣の人に尋ねました。

いわく、きれいなひとが住んでいましたが、男に逃げられてしまい、それからずっと男が戻ってくるのを待っているようでした。ときどき弱々しい泣き声も聞こえてきていましたが……

そしてとうとう病に倒れ、この夏、お亡くなりになりました。

葬ってあげるひともいないし、恐がってだれも近づかないので、そのままにしてあるのですよ——

ああ、本当にわたしはなんて男なんでしょう。

わたしを忘れるどころか、ずっと待っていただなんて。

しかも、泣きながら……

そんなこころやさしいひとを、見捨てただなんて。

そういえば任地で、にわかに会いたくなってきたあの頃って、妻が亡くなったときだったのかもしれません。

妻が、早く帰ってきて！　と、呼びに来ていたのかもしれません。

わたしを待っていた妻でした。

ずっと妻は待っていてくれたのです。

その日はどこでどうして過ごしたのか、まったく思い出せません。
日が暮れてから戻ってみると、昨夜のように妻が待っていてくれました。
うつくしい妻が！
もう、無我夢中でした。
しっかり抱き寄せました。
命の尽きるまで！
妻が、それはそれははげしく応えてくれたのは、言うまでもありません。
それからは夜ごと、妻をいとおしんでいます……

第6話

秘境のイケニエ伝説を打ち破った僧

このあたりでは、謎だらけの僧と噂されているのを知っています。今もここに来るとき、ずいぶん好奇の目にさらされましたから。べつにあえて明らかにすることでもないのでしょうが、ひどい噂では、わたしを鬼の使いだと、ひそひそ。今にも何か恐ろしいことをやらかすのではないかと恐れるムキもあるとか。

そんな話がまことしやかに流布されると、わたし自身、本当に鬼になってしまうかもしれません。今のうちに、あなたのような方に一部始終をお話ししておこうと。

修行僧として、当てもなく歩いているとき、飛驒の山深くで道に迷ってしまい、まあなんとか人の踏んだ跡らしい落ち葉の道をたどっていると、とつぜん目の前に大きな滝が現れました。行き止まりです。戻ろうにも、滝を落とす険しい岩場をよじ登るなんて、出来っこありません。進退きわまりました。

と、そこへ、わたしと同じ方向から歩いてきたとおぼしい男がひとり、わたしの脇をすり抜けるようにして急ぎ足で追い抜き、迷うそぶりも見せず、流れ落ちる水を悠然と浴びながら、滝の中に（そうとしか見えませんでした！）入っていきました。そして、すーっと、そのすがたを消してしまいました。

まるで滝から落ちる水が、見えない幕になったかのようでした。

何が起きたんだ、この男はいったいどんな術を使ったのだ、いったい何者なのだ？

この男、鬼にこそありけれ！

鬼か！　さもありなん。鬼ならばありうること。

しかしわたしには、この男に続いて進むしか方法は思いあたりません。

これで滝に呑まれたら、そのときはそのとき、命運尽きたと思えばいい。

鬼に食われるなら、それも運命。

そう覚悟を決めると、わたしは思い切って滝に身を投げかけました。

●

案じることはありませんでした。気づけば滝の裏側、というのでしょうか、振り返ると滝はまるですだれのように見えました。くぐり抜けることができたのです。

そして先ほどまで失われていた道が目の前に開けていて、その道をたどっていくと、人里が見えてきました。一抹の不安はありましたが、とりあえず気分を落ち着けて歩いていくと、先に滝を抜けていった男が戻ってきて、その後ろから、浅葱《あさぎ》色のカミシモを身につけた年長の男が駆けつけてきました。

そしてわたしの袖をとらえるや「さあこちらへ、さあさあ」と強引にわたしを連れて行こうとします。すると、あっちからもこっちからも人が来て、あちらへどうぞ、こちらへどうぞと、やたらかまびすしい。まるで客引きです。するとだれやらが「長《おさ》の所へ行って、決めてもらおうじゃないか」と。

　これで衆議一決、一同で長の所へ行ってやいのやいのと訴えましたが、長に一喝されて静かになりました。何があったのか聞く長に対して、滝をくぐった男が前へ出て、「わたしがあちらから連れてきて、浅葱のカミシモで迎えたこの方に差し上げました」と報告しました。わたしには訳がわかりません。

　すると「ではまったく問題ない。この男は浅葱の男のものだ」とあっさりコトをまとめました。わたしのほうは、ただただ恐ろしく――これは皆、鬼なめり！　鬼に違いない、わたしを連れて行って喰おうとしているのだな、と心細くなり、思わず涙を落としてしまいました。

　それと知った浅葱の男に「心配召さるるな。ここなら、なんの心配もいらず、こころゆたかに暮らせますぞ」などと慰められているうちに、浅葱の男の家に着きました。

　家ではわたしを歓迎して早くも大騒ぎのようす。なぜこうも歓待してくれるのかまでは、相変わらずさっぱりわからなかったのですが。

●

「さぞお疲れでしょう、おなかもすいているのではないですか。まずはしっかり食べて体力を取り戻してください」とご馳走が運ばれてきましたが、サカナやトリなどを立派に調理したものばかり。幼い時に修行の道に入ってこのかた、このような生類を食べたことがありません。箸をつけずにためらっていると、浅葱の男は、なぜ食べないのか、ここへ来たからには食べないわけにはいかないと、強い口調で勧め、自分が食べる分も持ってこさせて、サシで、食事を共にしました。そしてひと言――

ここからはよほどのことがなければ、出られませんよ、と。

たしかにそうかもしれないと、ハラをくくらざるをえませんでした。

●

さて夜も更けて、案内された寝床に向かおうとしたとき、この浅葱の男が、二十歳ばかりの娘を連れてきました。清楚な身なりをした、うつくしい娘でした。

「これはわたしのひとり娘です。これまで大事に育ててきましたが、あなたにこの娘を託します。どうぞわたしの気持ちをお察しください」

浅葱の男が去り、やがて娘が寝床に入ってきたときは、初めてのことではあり、さすがにうろたえましたが、すぐに気を取り直して、娘をそっと抱き寄せました。

するとと娘は、これまでだれからも、どんな時でも向けられることのなかった、わたしにすべてを託すような、かぎりなくやさしい眼でわたしをみつめ、そっと瞼を閉じ、まつ毛をふるわせました。わたしのこころはまっすぐ娘に向けられました。女性と同衾《どうきん》するなど、もちろん初めてのことでしたが、これまで一度たりとも味わったことのない感情があふれ出てくるのを感じました。

娘の少しだけ開いた口からは、なんともいえずかぐわしい香りがただよい、これまでわたしの中にじっと潜んでいた欲望をかきたてました。

そのあとのことはよく覚えていませんが、すべてが初めて味わう感覚で、それが次々とさらに新しい感覚をよびさまします。底知れぬ快感には、先行きの見えない恐ろしささえ伴っていました。

娘もまた、同じような感覚に包まれていたのでしょうか。それが娘を不安にさせたようで、わたしにしっかりとしがみついてきました。もうそのときにはふたりとも、衣は剝いでいて、互いの肌をしっかり重ね合わせようと必死でした。

そしてとうとう娘のからだの奥深くに精を放ち、そのときには、もうこの娘から離れられないと自覚しました。と同時に、修行の身を捨てることも覚悟しました。

こうしてその村で暮らすことになりましたが、もう元の世界に帰りたいなどと思うこともありませんでした。これまでの自分をきれいさっぱり忘れるほど、こころ豊かな日々を送りました。

ああこんな人生もあるのだと、心底思わされました。

ただ、とにかくすべてがめずらしく美味しいものばかりでしたから、勧められるままにひたすら食べ、どんどん肥え太っていきました。髪も長く伸びて、しっかり結えるようになり、烏帽子《えぼし》をかぶると、それなりに見栄えするようにさえなっていきました。妻にとっても、頼もしい夫と思えたのでしょう。二人の仲はさらに濃厚になっていきました。

そんなこんなであっという間に半年も過ぎ、すべてに馴染んできたころのことです。妻のようすがおかしくなってきました。ふっと気づくと、物思いにふけっているようなのです。気にならないわけはありませんでした。とうとう聞いてみました。

「なにかあるのか、浮かない顔をしているように思えるが」

「なんでもありません。ただなんとなく心細くなることもあって」

「なぜ心細く思うのかね」

「あなたが遠くなっていくような……」

「そんなことはない。もっと近くなることはあっても、遠くなるなんてありえないことだ。なにか心配事があるのなら言えばいい。それとも、このわたしにも言えないようなことなのだろうか」

妻は泣き崩れました。

「隠しだてするつもりではなかったのですが、ふたりでこうしてこころを寄せ合って生きていけるのも、あとしばらくのこと。いっそあなたが冷たいひとであればよかったのに、とさえ思っているのです」

そう言って、妻は泣く泣く告白しました。

●

「実はこの村には、恐ろしい習わしがあります。この村を治める神に、年に一度、イケニエを捧げなければならないのです。しかも気に入るようなイケニエでないと、神の怒りを買い、作物の収穫がままならなくなり、村が存亡の危機に立たされます」

「気に入るイケニエ？」

「はい。よく肥えた男か、あるいは美しい娘を差し出さなければなりません」

「わたしがその、肥えた男というわけか」

「あなたが滝をくぐってこの村に入ってきたとき、引く手あまただったことをおぼえていらっしゃいますよね」

「ああ、あれには驚かされたが、わけがわからなかった……」

「自分の家の者からイケニエを差し出すことは、だれでも避けたいので、何も知らないあなたを手中に収め、あとは時間をかけて肥え太らせればいい、という考えだったのです。たまたまわたしの父が我がものにすることができて、本来であればわたしがイケニエになる窮地から、我が家が救われたのです」

さらに問いただしてみると、肝心の神は、なんと、猿のすがたをしているのだといいます。それでだいたいカラクリが読めたわたしは、妻に良質の鋼でつくったドスを用意するように頼みました。わたしのことを信じている妻はすぐに、ただし秘密裏に、八方手を尽くし、いかにもよく切れそうなドスを渡してくれました。これをさらにしっかりと納得のゆくまで研いで、隠し持ちました。

そのような準備を万端整えるいっぽう、どんな場面にも対応できるよう、抜かりなく、しかも秘密裏に、筋力を鍛え直し、敏捷性を取り戻そうとしました。もともと修行僧として、荒行《あらぎょう》にも耐え抜いてきた身ですから、それほど難しいことではなかったのです。

●

こうして月日が経っていき、いよいよイケニエ引き渡しの七日前になりました。浅葱の男はわたしに精進潔斎《しょうじんけっさい》させるいっぽう、各戸の入り口には注連縄《しめなわ》をかけ、気持ちを高ぶらせているようでした。

妻は、あと何日、とかいいながら泣き崩れることしばしばでしたが、わたしが悠然としているのを見て、少し安心しているようでした。

さていよいよ、その日がきました。

わたしに沐浴させ、衣服や髪をととのえさせるなどして、やがて迎えに来た馬に乗り、浅葱の男とともに儀式の場に着きました。山の中にしつらえられた神殿の前に人びとが集まり、盛んに飲みかつよく食べていました。

そして宴も果てると、いよいよわたしを裸にして、まな板の上に横たわらせました。ゆめゆめ動かずして、ものを言うな——ぜったいに動かず、黙っているように！　と言いおいて、皆、帰ってゆきました。

わたしは件《くだん》のドスを股のあいだに挟んでじっと待っていました。やがて神殿の扉が開き、現れ出たのはほとんど人間と同じくらいの背丈をした大きな猿で、ひと声吠える吼《ほ》えると、親玉とおぼしき猿も登場し、それと同時にほうぼうから猿が湧き出るようにして、まな板のほうに集まってきました。

●

時、きたれり！

すっと立ち上がると、それだけでも親玉猿はびっくりしてあたふたしていましたが、ここでドスを突きつけるようにすると、ききーっと叫んで飛びのこうとしましたが、これを捕らえ、すばやく縄で縛りあげました。

さらに親玉猿の側近とおぼしき三頭を、ドスで脅しながら素早く、がんじがらめに縛ってしまいました。そのときには、ほかの猿たちは素早く木に登るなどして逃げ、遠巻きにこちらのようすをうかがっていました。

わたしは、そちらの方には目もくれず、親玉に向かって大声で叱りつけました。

「神様だって！　おい！　どこでどうやって神になったか知らんが、いつの間にか人びとに、自分を神と思わせ、イケニエまで差し出させるなど、冗長してきたお前たちの罪は、限りなく重いものと知るがいい！　今を限りに、お前たちは神でなくなる。もともと神でなかったことを人びとの前にさらけ出してやる。覚悟しろ！」

そして、神殿や儀式の舞台などに火を放ち、縛った猿たちを引き連れ、山を降りて行きました。

●

人々は遠くから、祭壇あたりがはげしく燃えているのを見て、なにごとが起きたのか、不安に駆られたようですが、イケニエを捧げた日から三日間は、家に閉じこもって、祈りを捧げる習慣だったとのことで、炎を見た者も、その禁を破ったわけで、おおやけに騒ぎ出すわけにはいきませんでした。

家々はしーんと静まりかえっていました。わずかに漏れ聞こえてくる話から、なにか恐ろしいことが起きたに違いないと、固唾《かたず》を飲んでいたのでしょう。

そこへ、わたしが縛りつけた猿どもを連れて戻っていったのです。

わたしは、大声で妻の名を呼び、戻ったぞお、と叫ぶと、はじめは恐る恐る、すぐにどーっと、すべての家から人びとが出てきて、驚愕の声を上げました。

「よくまあご無事で」という声には、イケニエが無事に戻るのは、尋常ならざることと、訝《いぶか》しむ思いがあふれているように感じました。

そして、大きな猿どもが縛りつけられて、力なくついて歩くのを見ると、「尊い神様になんということを！」と、わたしを責める空気も流れ始めました。

●

そんな流れを断ち切るように、わたしはきっぱりと叫びました。

「神の正体見たり！　みんな、なにを恐れることがあるものか。初めっから、神なんかであるものか、ただの猿どもだったのだ。騙されていたのだ。そのなによりの証拠に、こうしてわたしに捕らえられ、おとなしくしているではないか」

つぎにわたしがしたのは、尋問と懲《こ》らしめでした。

縄のムチをふるいながら、神を詐称していたこと、イケニエを喰ったり、供物を捧げさせ、人びとを支配しようとしてきたことなどを認めさせました。

やがて、人びとも納得したようなので、猿を縛りつけていた縄を解いてやりました。

猿は一団となって、山のほうへ走り去って行きました。

これで一件落着でしたが、わたしはそのまま村に残り、ときどき滝をくぐって、こちらの世界に戻ってきたりしています。

こちらの世界からすれば、さぞかしわたしは、鬼なのでしょうね。

それでもかまいません。

鬼には鬼にふさわしい、素晴らしい世界があるのですから。

第7話

立ち上がれなくなったヒメ

わたしが仕えるヒメのことで、ご相談というか、せめて話を聞いていただくだけでも、とおもいまして。

とにかく最近のヒメは一日中ぼーっとしていて、口もきかず、ひとの言うことに耳を傾けることもなく、それだけなら、まあときどきはあることですから、どうということはないのですが、目つきが変なのです。

どこを見るというのでもなく、きょろきょろするわけでもなく、あらぬほうに目を凝らすかと思えば、また今度は違ったほうへ目をやって、じいっと見ているようでもあり、何も見ていないようでもあり、といったありさまなのです。じつはこの十日ほど前に、妙なできごとがありまして、それからずっとそんな調子なのです。

●

その日は朝から、わたしを連れてお出かけになり、御所の近くを通りがかったとき、ちょっとヒメのようすが、心ここにあらずのていを催してきたので、気をつけていたのですが、いきなり道端の垣根に向かってしゃがみ込んだので、びっくりしました。

それだけではありません。裾をからげてのことでしたから、あれまあ何をなさるのかしら、と。いやそんな疑問を抱く間もあらばこそ、垣根を前にして、おしっこを勢いよく。わたしはただ黙って、ぼーっと立って、見るともなくヒメのようすを見守るしかありませんでした。

やがて恥ずかしい音もやんだので、立ち上がるのを待ち、なんにも見聞きしなかったフリをして、またお供しようと思ったのですが、どうしたのでしょう、ヒメはいっこうに立ち上がろうとしません。

声をかけるわけにもいかず、黙って立ち尽くしていたのですが、ヒメは、ほんとにそのままの格好で身動きもしません。

からだにおかしなことが起こったのでは、と心配になって、少し遠目ながらお顔を見たのですが、顔色がわるくなったりはしていません。それどころか、頬には赤みがさして、なんとなく、いきいきなさっているようにさえ見えました。

いえいえ、それだけではありません。

なにかに怯えているように見えたかと思うと、うっとり、たゆたっているようにも見えたり、ヒメにいったい何が起きているのか見当もつかないまま、わたしにとっては長い長い時間が過ぎていき、なんだか悲しい気分になってきました。

ヒメがどんどん遠くへ行ってしまい、わたしは置いてけぼりをくったような、そんな気持ちになってきて、涙があふれてきました。

●

そのときでした。おそらく御所の警護にあたっていたおサムライだと思いますが、立派な馬に乗り、従者を何人も引き連れた方が通りがかりました。

どう見ても尋常ではない、ヒメとわたしのようすを見て、馬を止め、従者のひとりに訳を聞くように命じたようでした。

「どうしたのだ、おまえはなぜ泣いているんだ。あのお方は何をしているのだ」と従者は、わたしの顔を覗き込むようにして聞いてきました。

「ヒメがずっとあのままで」

「あのまま？」

「そうなのです。わたしは待っているのですが、動こうともされません」

「あのまま、でか？」

「すぐおわると思って待っていたのですが」

「すぐおわるって？」

なんと無神経な男なのだろうと思い、黙ってしまいました。

するとやっと察しがついたらしく、それ以上問うことはなく、馬上の主のところへ行って、事情を話したようでした。馬から降りたサムライは、わたしにどのくらい待ったのかと聞き、ずっとです、とこたえると驚いて、大胆にもヒメのそばへ行き、ヒメの隣にしゃがみ込み、ヒメの視線を辿るように、垣根のほうに目をやりました。

●

サムライはそこで何を見たのでしょうか。

何やら合点がいったらしく、立ち上がるとすぐに、ためらうことなく腰の太刀をすらりと抜き、ヒメがしゃがみ込んでいるその目の前の土に、ぐさっと突き刺しました。刀身がギラギラときらめき、恐怖さえおぼえましたが、太刀のヤイバは、ヒメのほうにではなく、垣根のほうに向けられていました。

そうしておいてすぐに、そのサムライはヒメに言いました。

「いいですか、わたしが合図したら、さっと立つのですよ」

すると、それまで身動き一つできずに固まっていたヒメが、こくりとうなずきました。

何をするつもりなのか、何が起きるのか、想像もできませんでしたが、サムライは垣根のほうをじっと見ながら、

「いまだ！」

と声をかけました。

ヒメは、さっと立ち上がり、サムライの腕にすがりつきましたが、それと同時に、垣

根のほうからするどく突き出てきたものが、鋭いヤイバに真正面からぶつかり、その勢いのまま、まっぷたつに裂けてしまいました。

それはなんと――

ひとの腕ほどの太さがあるヘビでした！

ヘビには太刀が目に入らなかったのでしょう。

ヒメの秘しどころめがけて、全速力でまっすぐ伸びてきて、サムライの立てた刀にぶつかり、自らを裂いてしまったのです。

恐ろしい光景でした。

ヒメはサムライから離れまいとしていましたが、サムライのほうは先を急いでいたのか「もう大丈夫だ。安心なさい」と言うと、素早く馬上の人となりました。そしてわたしのほうに向かって、何が起きたのか話してくれました。

「そなたのヒメががまんできずに、そこにしゃがみこみ、しかるべきことをなさったとき、垣根の向こうにそのヘビがいて、思いがけず、ヒメの秘しどころをまともに見てしまったんでしょう。

ヘビはヒメの中に入り込もうとはげしい欲を起こしたにちがいありません。

そのとき、ヒメの目がヘビの目をとらえ、互いに見つめあうことになったのです。

こうなるとヒメは身動きできません。

射すくめられるとはこのようなことを言うのでしょう。

そんなとき視線を外せば、次の瞬間にヘビが襲い掛かってくるとヒメは直感し、動こうにも動けなくなったというわけです。

「でもこれで大丈夫です。ではわたしはこれで」

それだけ言って馬を進めて行ってしまいました。

●

ヒメのほうは、目はうつろで、なにやらもじもじしたりして、落ち着きがありません。何かにとりつかれてしまったというか、そうです、あの大きなヘビに長い間にらまれて、そのとき、もしかしたら魂まで吸い込まれてしまったようで、すぐには元に戻れなかったのでしょうか。

えっ、そのおサムライですか?

それきりでした。

どこのどなたともお聞きしませんでしたが、あのあたりを警護していたのですから、なんとか探すことはできると思います。

そうですか、そのおサムライとお会いして、ヒメの気持ちを鎮《しず》めてもらわないと、このまま呆けてしまうのかもしれないのですね。

えっ、ヒメがそのサムライに、自分の秘密を知られたと思い込んでいて、しかもそれは、身をこなごなにされるほど恥ずかしいことで、肌身をさらしたのと同じこと、ですって！

どんな秘密だというのですか。

そんなこと、あり得ませんよ。

えっ、まだわたしのような子どもにはわからない、ですって！

失礼な！

こう見えても、わたしは……

第8話
極悪聖人に天罰下る

阿弥陀像製作の寄附金を募る「阿弥陀の聖《ひじり》」に取り組んで、方々を渡り歩いていた法師は、行く先々で敬意をもって迎えられ、喜捨を受けたりしていましたが、なかにはとんでもないクソ法師もいて、びっくりさせられます。わたしの村に現れた法師は、その中でも最低最悪の法師だったと思います。

まあその法師が、しゃあしゃあとゲロした話を含めて、何が起きたのか、ぜひお聞きください。

その法師は、一方の端に鹿の角を付け、もう一方の端に、二股になった金具を付けた、恐ろしげな杖を持ち、胸には鉦鼓《かね》をぶら下げた、いかにも「阿弥陀の聖」然とした格好で山の中を歩いていました。そのときです、わたしと旧知の間柄であった村の衆が法師と出くわしてしまったのは。

同じ方向だったので、連れ立って歩いているうちに、昼どきになり、村の衆が道端に腰をおろし、おにぎりを取り出しました。そして、先に行こうとしていた法師に、どうですかと声をかけながら、おにぎりを差し出したそうです。

法師たる者、いったんは辞去するなど、少しは遠慮するものですが、この法師はそれどころか、すぐに座り込んで手を伸ばし、ぱくぱく、村の衆に遠慮することなく、ほとんど食べてしまいました。

村の衆はこの時点で、この法師、ちょっとおかしいぞと、思ったんじゃないでしょうか。でもそんなことはおくびにも出さず、おとなしくしていたのでしょう。

ところが法師のほうは、この村の衆に感謝するどころか、その善良さにつけこむことしか考えていませんでした。

●

このあたりは滅多に人が来ないところだろう。「阿弥陀の聖」としてわしを信頼しきっているこいつを殺して、荷物の中のものや、着ているものをいただいてしまおう――

もちろん村の衆は、「阿弥陀の聖」がそんなことを企んでいるなどとは、露ほども思っていません。

よっこらしょと、荷物を担いで立ち上がろうとしたそのとき、法師は持っていた杖の、二股になった金具で、いきなり、力任せに、村の衆の首を突きました。

な、なにをなさるか！

と叫ぶのが精一杯。その声は、虚しく山の中に反響を残すばかりで、助けがくるはずもありませんでした。法師はここぞとばかり、もがく村の衆に、さらに滅多打ちを加え、とうとう息の根を止めてしまいました。

そして村の衆が背負おうとしていた荷物はもちろん、着ているものをすべて剝いで奪い取り、その場から急いで立ち去りました。

山を降りながら、荷物から目ぼしいものを取り出したり、剝ぎ取った衣を、目立たぬように身につけたりして、日の暮れる頃には、現場からかなり離れた村に出ました。

ここまでくればひと安心、とタカをくって、すぐに目に入った家を訪ね、平気の平左で、一夜の宿を求めました。「阿弥陀仏を勧進して歩く法師でございます。日が暮れてしまいましたので、今宵ひと夜の宿をお願いしたいのですが」

●

その家の女主人が応対に出ましたが、この法師からなんとなくうさん臭さを感じとり、半ば警戒しながら、慎重に答えました。

「いま主人は留守ですが、間もなく帰ってきます。何もお構いできませんが、どうぞ」と、法師を部屋の中央にある囲炉裏端に案内しました。

ところが、法師と向かい合わせに座った女主人の目に、法師の着ている衣の袖口が飛び込んできて、驚かされました。

というのも、今朝出てゆくときに主人が着た衣の袖口と、同じものが見えたからです。袖口が綻ばないように、自分が縫い付けた色付きの革が、その袖口にも、たしかに見えたのです。

思いもよらないことでしたが、法師にはそれと気取られず、さりげなく繰り返し見てみました。間違いなく、自分が主人のために縫いつけた革です。なぜこの法師が……まるで見当もつきませんでしたが、ただ、法師にこの動揺を知られてはならない、という判断だけはできました。

法師には、ちょっと用事を済ませてきますので、どうぞごゆっくりしていてくださいと言いおいて、隣の家に駆けこんだ女主人、その家の主人に相談しました。

「いま家に一夜の宿をといって来た『阿弥陀の聖』と称する法師がいるのですが、その着ているものがおかしいのです。わたしが主人に仕立ててあげたのと同じ色のついた革が、まったく同じ袖口についているのです。わたしが自分で縫ったので、間違いようがありません。どうしたものでしょうか。なんだか怖くなってきました」

●

それを聞いた隣家の主人、「それはおかしい、お宅のご主人からなんらかの手を使って盗んだものなんじゃないかな。これは、その法師を問い詰める必要がありますね。気づいて逃げだすかもしれませんから、コトを急ぎましょう」

　そう言ってからすぐ家人に、近隣の男たちをできるだけ多く、しかもひっそりと、急ぎの用件だといって集めるよう指示しました。そうしておいて女主人には、なんとかみんなが集まるまで、世間話でもして油断させておくように言いました。

　女主人が何食わぬ顔をして家に戻ると、法師はどうやら側にあった酒に口をつけたらしく、ごろりと横になって、軽いいびきをかいていました。女主人にとっては好都合です。余計な話をしなくて済むし、もしこれが法師の名をかたる悪人であれば、何をされるか、わかったものではないと、半ば恐れていましたから。

　すっかり夜も更けてきました。

　不安をかかえたままの女主人の向こうには、正体不明の法師が寝転んでいます。どうぞ起き出さないようにと、ひそかに祈りました。

　その祈りが届いたのでしょうか。やがて土間から静かに、隣家の主人を先頭に屈強な男性が五、六人、家に入ってきて、女主人に席をはずすように目で合図してから、寝ている法師に縄をかけました。

　目を覚ました法師の、驚くまいことか！

「な、なにをするか、わしは『阿弥陀の聖』だ。無礼なことをするとただじゃおかないぞ」などと喚きましたが、とにかくコトの真相を明らかにしなければなりません。さらに縄をぐるぐる巻きにして、身動きできないようにしておいて、問い詰めました。

「おまえは何か悪さをしてきたな。何をしてきたか、正直に言え」

「何もしていない。誤解だ。無礼だぞ。縄を解け」などと喚きます。

隣家の主人はまだ袖口のことはひと言も言わず、村の男たちに言いました。

「そいつの荷物をあけてみよう。何が入っているか確かめることにしよう」

「待て、勝手に人の荷物に手をかけるものではない。罰が当たるぞ」とあまりに強い口調で反撃するので、村の男たちは思わず手を止めてしまいましたが、隣家の主人はためらうことなく、「いいから開けてみろ」と叱咤します。

この時には隣家の主人の合図で、この家の女主人も土間から上がってきていました。荷物を確かめるためでもありました。

それでいよいよあけてみると、中からここの主人が持ち歩いているはずの荷物がごろごろ出てきました。

思わず悲痛な叫び声をあげた女主人。この叫びで、隣家の主人も村の男たちも、事態をたちどころに理解しました。

●

法師を庭に引き出し、あれは何だ、どうやって手に入れたのだ、と厳しく問い詰めましたが、何も言いません。

業を煮やした若い衆のひとりが、法師の頭の上に、火をいれた皿を載せ、さらに厳しく問いただしたところ、頭の熱さに耐えかねた法師が、とうとう白状しました。

「あの山の中で、男に出会い、昼飯をご馳走になったんだが、どうも物持ちでもあるように思えたので、すべて奪ってしまおうと殴りつけ、勢い余って殺しちまった」

白状はさせたものの、みんな愕然としました。仲間の命に、一縷《いちる》の望みを抱いていたのです。

法師のほうがむしろ平然としていて、

「そもそも、どうしてバレたのか、だれかに聞いたのか」と不審そうなようすで、聞いてきました。

「大馬鹿者め！　お前が頼ってきたこの家の主人こそ、おまえが手をかけた、その人だったのだ。おまえはノコノコと、人を殺《あや》めるという大罪を犯した、当の相手の家に引き寄せられてきたのだ」

「さもあらばあれ。うむむ、これこそまさに天罰というものじゃのう」と、まるで他人《ひと》事《ごと》のよう。

みんなも呆れて、ほんとうに根っからのワルっているものだと、あらためておしえられたそうです。

●

翌朝まで待ってから、法師に道案内をさせて、みんなで現場に向かいました。

しかるべきところには、お腹をすかせた法師におにぎりをあげた、善良な村の衆の無残な死体が横たわっていました。

救いだったのは、鳥についばまれることも、獣に食い荒らされることもなく、それなりにきれいだったことです。でもそれだけ女主人の悲しみは深く、癒しようのないものでした。

　さて法師をどうするかですが、このようなワルが生き延びても、さらに犠牲者が出るだけだろうという判断が勝ち、現場近くの樹に縛りつけておいて、目の前で力の限り弓を引き絞り、たっぷり恐怖を味わわせておいてから、首を目がけてひょうと矢を放ち、射殺《いころ》しました。

　けっきょく、天罰としかいいようのない窮地に追い込まれた法師は、いったい何者だったのでしょうか。

　こういう法師が今もどこかで、のうのうと歩いているのではないかと想像すると、ハラが立って仕方ありません！

　心根のやさしい知り合いが、法師のすがたに騙されて殺されるなんて！

　わたしのハラワタは、煮えくり返ったままです……

第9話 恋した女と鬼面の男

いつもびくびくしていて、片時も気が休まらないんです。いえ、なにか犯罪をおかして、取り締まりの目を恐れているわけではありませんし、女から身を隠しているのでもありません。

ただ、ここだけの話ですが、恐ろしい方がどこかから見ていて、ちょっとでもその方の気に入らないことをしたら、さあ、どんな目にあうか。下手を打ったらけっして許さんと、きつくクギは刺されていますし、大仰な言い方になりますが、身動きもままならずに過ごしているのです。

でもどこかに、それは思い過ごしなのではないか、自分とは縁がないと思っていた世界を、垣間見てしまったゆえの、考え過ぎなのではないかと、自分に言い聞かせたい気持ちもあります。

まずは、洗いざらい話を聞いてもらうだけでも、と思いまして……

●

わたしには親兄弟はもとより、身寄りというものがなく、天涯孤独の身でした。このまま野垂れ死にするのも仕方のないことと、半ば覚悟していたとき、日頃からわたしのことを気にかけてくれていた友人が、耳寄りの話を持ち込んできました。

わたしと同じように親類縁者もなく独り身をかこっている女性がいて、しかも、どうやら暮らし向きに不自由をしているようすもない、というのです。

さっそくその友人がいろいろと算段してくれて、そのひとに会えたのですが、これがなかなかのひと。ちょっと謎めいた翳《かげ》はあるものの、それで美しさをそこなうようなことはなく、万事控え目な人柄といい、わたしには、もったいないほどの相手でした。

彼女のほうも満更ではなかったのでしょう。互いに、相手の出自とか家族のことを尋ねるようなこともなく、ごく自然に求め合うようになり、日夜を問わず肌を重ね、そうなれば当然のことですが、彼女のようすがただならなくなってきました。みごもったのです。

●

そうなるとわたしは気が気でなく、知り合いだった年配女性に、ときどき来てもらって、彼女の相談に乗ってもらったり、経験した者ならではの微妙な話をしてもらったりしていました。

それでもわたしにとっては、不安なことの多い日々を送っていました。そんなある晩のこと、何者かが障子の陰に立つのが見えたかと思うと、すぐに引き開けられ、そこに、漆黒の衣を身にまとった男が、ぬーっと立っていました。

髪を後ろで乱暴に束ね、舞楽で用いる鬼の面をかぶったような、いかにも恐ろしげな男でした。

わたしは震えながらも、太刀を手に取り、大声を出しました。

――だれだ！　何者だ！

そう叫びながら、彼女のほうに身を寄せました。身重のからだを守ろうと、自然に動いたのです。彼女はよほど恐ろしかったのでしょう。頭から衣をかぶって、汗まみれになっていました。

鬼面の男はわたしに近寄ってきて、

「騒ぐな！　怖がることはない！　まずは話を聞け！」

などと、やけに落ち着いて話しかけます。

どうやら危害を加えるようなことはなさそうだったので、こちらも気を鎮《しず》めることができました。

●

「このすがたを見て、怖がるのも無理はない。しかしわしの話を聞けば、恐れることは何もないと、納得できるはず」

そう言いながら、わたしの気持ちを和らげようとしたのでしょうか、微笑みを浮かべさえしました。

彼女は、と見ると、その男の声に聞き覚えがあったようで、頭からかぶっていた衣を取り去り、俯いていました。恐怖や不安はすっかり取り除かれたようで、むしろ懐かし気に、その男へちらちらと視線を向けていました。

わたしは何がなんだかさっぱりわからず、でも、しっかり話を聞こうと、いずまいをただしました。

「これから言うことは、突飛なことと思われるかもしれない。だからといって、話さないで済ませるわけにはいかない。

まずはじめに知っておいてほしいのは、ここにいるのが、わしの実の娘だということ。訳あって母親もいない。ひとり娘で、ことのほか大切にしてきたつもりだ。

ここにお前が通うようになったとき、さっそく話をしようとも思ったが、いやいや、もう少しようすを見てからでも遅くはあるまいと、身を隠し、何も言わず、黙って遠くから見ていた。

娘だって、人並みに恋はしたかっただろうし、それに、いずれお前も通わなくなるだろう、若い男なんてそんなものだと、タカをくくってもいたのだ。

ところがお前は通い続け、娘は今やただならぬ身となった。

こうなれば、わしも身を隠してはいられないし、知らせておくべきことも、いろいろとあるゆえ、こうしてお前の前にすがたを現したのだ」

●

「もちろん、お前も相当の覚悟を決めていることとは思うが、何があろうと、この娘はもとより、お腹の中の子も、命をかけて守ってもらわなければならない。わしもできる限りのことはする。

詳しいことはいずれ話すが、今言っておきたいのは、もしお前が娘をないがしろにしたり、万が一にでもお腹の中の子どもを不幸な目に遭わせるようなことをしたら、直ちに、いいか、お前が思っているよりずっと早く、その罪にふさわしい痛みや苦しみを味わうことになる。

わしは世間さまに名乗り出ることのできない身ではあるが、いつでもかならず、娘はもとより、お前の動きを見ている。このことをけっして忘れるな」

それだけ言うと、すーっとそのすがたを外の闇に溶け込ませました。どんな事情があるのか、そのときにはわかりませんでしたが、鬼面の男からここまで言われたら、逆らうことはできません。

それに彼女を大切にし、慈しむ気持ちには変わりありませんから、鬼面の男に後ろめたいところはまったくなく、むやみに恐れる必要もありません。と、理屈ではわかっているものの、やはり、束ねた髪と、いかにも恐ろしげな鬼面は、強く印象に残り、のんびりと日々を送ることは、できなくなりました。

●

それから数日を経た夜のこと、再び鬼面の男が、前触れらしきものもなく、忽然と現れました。

この前のときと違って、ぴりぴりした様子はなく、むしろ親しげに、わたしと向かい合って座り、おもむろに、たんたんと、話しはじめました。

「オモテ通りを堂々と歩ける身ではないと申したが、ひとを殺《あや》めたわけでもなく、ひとから金品を奪ったこともない。実は、まさかこの方が、と思うような身分のある方にダマされて、頼まれるままに情報を仕入れたり、見張り役を買って出たりしたのだが、これがじつは凶悪な強盗団の一味で、わしは、なんのことはない、いつの間にか追っ手の矢面《やおもて》に立たされてしまったのだ。

もちろんいくらでも言い訳することはできるのだが、取り締まる側の検非違使《けびいし》には、通じるはずがなかった。

なにを隠そう、わしをダマしていたのは、検非違使の身内、それも最高位に近い方だったからだ。捕まったら最後、わしはたちまち主犯として厳しく責められ、けっきょく処刑されて、すべてが闇に葬られてしまっただろう。

わしはそれと察したとき、間髪を容れずに身を隠し、それだけでなく、ただちに自害を装った。入水したことにして、な。

それを手伝ってくれた者たちもいる。昔からわしが面倒をみてきた者たちだ。

彼らは事情を知ると、わしをダマした連中に対して、凄まじいほどの怒りを燃やし、わしの身を守ることに力を尽くしてくれた。わしも彼らに十分な礼をし、今もその関係はつづいている。

実はわしには、何代にもわたってコツコツと蓄えてきた資産がある。それがわしをここまで追い込んだともいえるが、今は大きな支えとなっている。娘を助けてやることもできた。それなりの家と、使用人を整え、不自由なく暮らせるのも、そのためだ。

検非違使たちには、それとなく、どこかの金持ちが娘を援助していると思わせている。その金持ちじじいの役を演じてくれているのも、わしを守ってくれている者たちのひとりだ。

そこにお前が紛れ込んできた。年相応の男が娘に近づいても不思議はなかろう。びくびくするな。堂々と振る舞え。いや、これまでのままでよい。とってつけたようなことはしないほうがよい」

●

「さて、そこでだ、ここに鍵がある」

そう言うと、いかにも秘密めかした重々しさを感じさせる、長い鍵が三本、目の前に並べられました。

「お前が娘を守り抜き、子どもを育てるために必要なものは、都のはずれに人知れず建てた三つの蔵の中にある。これがその蔵の鍵だ。これをお前に渡しておこう。必要なときに必要なだけ使うがよい」

しかし、これがわたしには宝物の鍵どころか、勝手気ままは許さないぞと、喉元に突きつけられた刃のように思えてなりませんでした。そんなわたしの前に、今度は紙の束が重ねられました。

「これは、ただの紙切れではない。じつは隣の国にある、わしが所有する土地の証文なのだ。これもお前に譲る。この土地を農地にするなりしてもよいし、証文を利用して財産を増やしてもよい。すべてはお前のウデ次第だ」

そう言われてもわたしには、この紙の束が、わたしの身を鬼面の男に売り渡した、その証文のように思えました。

とまあ、なにからなにまで、鬼面の男に心身を拘束され、がんじがらめにされてしまったように思い込んで、その厚意を素直に受け止めることが、できませんでした。

それもこれも、はじめの出会いが唐突だったことや、その顔に、舞楽の鬼面を重ねてしまったところから生まれた、他愛もない恐怖によるものでした。まさに疑心暗鬼だったわけです。

しかし、自分の妻や、お腹の中の子どもを慈しむ気持ちが、日々強く大きくなっていくにつれて、そんな疑心暗鬼は払拭されていき、鬼面の男、すなわち妻の父親の厚意も、素直に受け止めることが、できるようになりました。

ただ、それとともに、もうひとつの恐れがふくれあがってきました。

今も権勢をふるっている悪人たちの心境、彼らのこころに対する恐れです。

今のところは、この鬼面の男の自死を、一応信じているのでしょうが、やはり、どこかでその存在を気にかけているのではないか。強い力を我がものにしている者たちです。自分たちの諸事万端が白日のもとにさらされることは、絶対にあってはならないことでしょう。

それゆえ、鬼面の男が実は生きていると知ったなら、直ちに鬼面の男を文字通り鬼に仕立てて、あっという間に世間から葬り去ってしまうことでしょう。

たった今も、どこかで見張っているのではないか。もし本当のことが彼らにわかったら、わたしだって、どうなるかわかりません。

ほんとうに恐ろしいのは、見た目は鬼のような、彼女の父親のほうではなく、権勢をほしいままにしている彼らのほうです。

●

しかし、ここまで話しているうちに、なぜか勇気が出てきました。

生まれてくる子どものためにも、わたしを信じ、頼りにしている妻のためにも、鬼面の男の助力を精一杯受けながら、彼らに負けないような、ほんとうの力をつけていこうと、ハラがすわってきた気がします。

お話を聞いてくださって、ありがとうございました。

第10話 山の中で出会った若い盗賊

どうも夫のようすが変なのです。あんなにエラそうに威張りくさっていたのが、まるで牙を抜かれたなんとやらで、夜になってもボーッとしているばかり。わたしに面と向かっても、目を合わそうともせず、たまに、なにやらおどおどした目を向けるばかり。もう少しシャキッとしてもらわないと、盗賊にでも襲われたら大変です。どこからどんな奴がねらってるか、知れたもんじゃありませんから。

そうそう、実は、いま口に出した「盗賊」が原因だとはわかっているんです。

都から丹波の国へ里帰りしたとき、わたしたちに襲いかかった若い盗賊が、夫を無力にしてしまったんです。

そのときの一部始終をお話しします。

●

夫は、わたしを馬に乗せ、背には矢を十本ほど入れた箙《えびら》を背負い、弓を手にして、馬の前後を警護しながら歩いていました。そして、途中の大江山にさしかかったときのことです。

刀を背に斜め掛けした、いかにもあらあらしい若い男が、山の上の方から走り下りてきて、さりげなく合流してきました。もちろんわたしはびっくりもしたし、身構えもしました。しかし夫は腕に自信があったからでしょう、まったく動揺することもなく、どこから来たのか、どこへ行くのかといった、どうでもいい話から始まる世間話などを交わしながら歩きました。

さすが男だなと、わたしは半ば感心しながら、よけいな口を挟むこともなく、若い男のことは無視し続けました。

若い男のほうは、ちらちらとわたしに視線を投げかけながらも、無関心を装っていました。しかし頭の中では、わたしの衣装を剝ぎ取り、まる裸同然にしていたのだと思います。夫にはそんなことさえ想像できなかったのでしょうか。

樹の葉の間から洩れる陽射しが、ひときわ強くなったなと、思ったその時でした。若い男が突然、ことさら真面目な顔をして、自分の刀を背からスルッと抜き放ちました。わたしは思わずギクリとしましたが、夫はビクともしませんでした。あとで思うと、自分には強力な武器である、飛び道具の弓矢がある、という自負があったのだと思います。

若者は陽光に刀身をきらめかせながら自慢げに言いました。

「どうです、いい太刀でしょ。そのはずです。これは名刀の産地、陸奥《むつ》の国でも名の通った刀鍛冶がこしらえた名刀なのですよ」

夫はたちまち、その太刀の見事さに心奪われたようでした。

それと見て取ったのでしょう、若者は畳み掛けてきました。

「どうです、滅多に手に入らないこの太刀が欲しくありませんか」

この挑発めいた言辞に、夫はこころ動かされたようで、すかさず若い男が言い募ってきました。

「この刀と、そちらの弓を、交換しませんか」

●

夫はこの提案にあっさり絡めとられたようでした。自分がいま手にしている弓は、いつでもどこでも手に入る、普通の弓。若者が見せつけている陸奥の太刀は、いかにも立派な名刀。つまり、この取り引きは、だんぜん自分に有利な交換である、と夫は判断したようでした。

わたしに言わせれば、まったく状況を把握していない、愚かな取り引きでした。人も滅多に通らない山の中で、しかもわたしという妻を連れている、という状況をすっかり失念していたとしか思えません。わたしのことを忘れていた、というか、わたしなんか、どうでもよかったんじゃないですかね。

欲に目が眩んで、前後の見境がつかなくなっていたというか、冷静な判断力を失っていたのだとも言えましょう。

素晴らしい陸奥産の太刀と、もはや使い古された弓、どう考えても、太刀を手に入れた方が得だ！　若者の気の変わらぬうちにと、この取り引きを、あっという間に成立させてしまいました。

考えてもみてください。どんなに立派な太刀でも、しょせんは太刀、強力な飛び道具の弓矢にはかないますまい。それでも、夫はまだ気づきませんでした。

わたしは、運を天に任せるしかありませんでした。

●

あっさり交換を実行してからしばらく歩くと、若者は当たり前の口調で言います。どうも弓だけ持って歩くというのも、おかしなものです。二本でいいから、矢を貸してくれないか、と。

夫は夫で、それもそうだと納得し、箙から二本の矢を取り出して若者に渡しました。しばらくはそのまま山道を進みました。夫はうれしそうに太刀を手に持ち、若者は弓と矢を持って。

やがて、お昼どき。そろそろ昼飯にしようということになりましたが、人の通る山道ではちょっと落ち着かないな、という若者の意向を汲んで、山の奥の方へ入って行き、夫がわたしを馬から降ろそうと手を差し伸べた、まさにそのときでした。

いきなり若者が弓に矢を番《つが》えて、夫に向けてぎりぎりと引きしぼりました。若者のほうは、矢を手に入れてからずっと、機をうかがっていたのでしょう。

「動くな！　射つぞ！」

と脅しました。これではどうすることもできません。

夫は何事が起きたのかと言わんばかりに、ただただ呆然としていました。ついさっきまで余裕をもって若者と接していた夫から、みるみる自信やら勇気やら、男としてのあれこれが、すべて失われてゆくのが見てとれました。

わたしのほうは、こうなることを想像さえしなかった夫にあきれ果て、自分の命を守ることに意識を集中させました。

若者のほうは夫とは逆に、ありあまる力をみなぎらせて、さあ、そのままもっと奥へ歩け、と急かします。もちろんわたしも一緒です。

ちょっとでも抵抗すれば、至近からずぶりと矢が突き刺さるでしょう。わたしとしてもどうすることもできません。いわれるがままでした。

やがて夫は、せっかく手に入れたばかりの太刀も奪い返され、けっきょくは丸腰にされたあげく、馬を引く綱や若者が隠し持っていた縄で、両手・両足をがんじがらめにされ、大きな樹に縛り付けられてしまいました。

その間わたしは、ぼんやり突っ立っていたんだと思います。夫が縛られているときは、恐怖で何もできなかったし、次に起こるかもしれないことを漠然と予測しながら、逃げ出そうともしなかったのですから。ああやっぱりと思うばかりで、その現実に抗うような、気力もなにも失われていたんでしょうね。

●

若者があらあらしくわたしに近づいてきました。

すでに目は欲望に燃えさかっているように見えました。わたしを欲しがっている目です。ただひたすら欲しがって燃えていました。その目がわたしの欲望に火をつけました。わたしもまた、若者のすべてを奪い取りたい、なにもかもどうでもよくなり、若者をわたしのものにしたくなっていました。もちろんこんな気持ちになったのははじめてのことです。

若者は、わたしが羽織っていた薄衣を、あっさり取り去ると、なんのためらいもなく、次の行動に移っていきました。

唇を奪われ、肌着も剝がされていきます。

抵抗することなど、できるはずもありません。

むしろ、よろこびにふるえていました。

すると若者も、着ているものを脱ぎ捨て、あらためて抱きしめてきました。

若者は無我夢中になっていき、わたしはその嵐に、身を委ねていました。

そのとき樹に縛られた夫はどうしていたのでしょう。目を伏せていたのでしょうか、それとも一部始終をあまさず見ていたのかもしれません。

どちらにしても情けないひとだと、思いました。

わたしは夫を半ば見限っていました。

●

やがて若者は起き上がって、脱いだものを身に着け、箙を背負い、太刀を腰に差し、弓を持って馬にまたがりました。そしてわたしに向かって言ったのです。

「いとほしと思へども、……いぬるなり」

いとおしいとは思うのだけれど、……さらばじゃ。

わたしのこころは、この若者に傾きかけていたのに、なんとまあつれないコトバじゃないですか。

そのうえ誇らしげにこう言ったのですよ。その男を殺そうと思えば簡単に殺せたんだが、生かしておいてやったではないか、ありがたいと思えですって。

こんな捨て台詞を残して、さっさとどこかへ走り去って行きました。

やがて興奮もおさまり、気を静めることができたので、夫の縄を解いてやりました。

その時言ってやりましたわ。

「汝《な》が心、いふかひなし」って。ほんとにふがいない人ね、こんなことじゃあ、先が思いやられるわ、ともね。

夫は返す言葉もなくうなだれていましたわ。

馬は奪われる、弓矢は太刀もろとも持っていかれる、妻であるわたしは犯される。いいところまったくなしですから。

それにしてもあのとき、なぜ、夫が弓を手放す気になったのか、いまだにわかりませせん。わたしを守るっていう気構えがまったくなかったとしか思えません。

あの若者も、ひとりで盗賊をはたらくだけあって、ちょっとした世間話の端ばしから、夫のそんな気配を読み取って、思い切った取り引きを持ち掛け、さらに、わたしを含めたすべてを奪うという意欲をかきたてたのでしょうね。

むしろお見事と、いいたいくらいですわ。

それに引き換え……

まあ、いつも通りの暮らしに戻るだけのこと、わたしはそうハラを決めて大江山を下りてゆきました。

第11話
怨みの橋を渡った若武者の悲劇

わたしは、琵琶湖周辺の近江の国で、国を治める守《かみ》の警護にあたっていましたが、その仲間がとんでもないことになりました。

鬼に狙われ、挙句の果て、殺されてしまったのです。

わたしも怖くなって、どうしたらいいかわからず、まずはお話を聞いていただきたく、こうして参った次第です。

つい先だってのことです。警護の任とはいえ、ふだんはハッキリ言ってヒマです。みんな若いので、あふれる力をもてあましていました。女がいるわけではなし、せいぜいが軽い博打をする程度で、あとは与太話に興じるのが常のことでした。

●

そのときふっとだれかが、安義橋《あぎのはし》を話題にのぼらせたのです。

いわく因縁は定かではありませんが、渡らずの橋として、よく知られていましたから、まあ話題にのぼっても不思議はありませんが、せいぜいが噂話のあれこれをたのしむ程度だと思っていました。実際はじめのうちはそのような話でした。

「鬼か邪か、おそろしいものが出てきて、渡れないといううわさだ。渡り切った者もいなければ、戻って来た者もいないそうだ」

「近くまで行ったことはあるんだけど、夕暮れどきだったし、なんだか橋に妖しい気配が漂っていて、渡ろうなんて気はとてもとても……」

「まあ無理して渡ることもあるまい」

ところがひとりの若武者が、すっかり酔っていたのだと思いますが、

「なんだ、なんだ、この臆病風は。何を怖がっているんだ。警護のお役目をなんだと思

っているんだ、渡らずの橋と言われているのなら、まずわれらが渡って、そんな話は根も葉もない噂話にすぎないと、はっきりさせてやろうじゃないか、なあご同輩」

などと、渡らずの橋伝説をアタマからバカにしてかかり、警備仲間の賛同をうながしました。ところがだれひとり、頷きません。それどころか冷ややかな目がその若武者に注がれました。

●

業を煮やした若武者、あろうことか、守が持っているあの名馬に乗れば、出てくる鬼も邪もばっさり斬って捨て、橋を一気に渡って見せよう！　などと吼《ほ》えまして、その騒ぎになにごとかと近づいてきた守が、わけを聞くと、なんと！

それなら馬を貸してやろうとおっしゃる。

物好きな守もいるものだと、内心思いましたが、守のほうは、まさか本気じゃあるまいと判断したのかもしれません。

しかし、そこまで話が進んでしまうと、言い出しっぺの若武者も、もう引っ込みはつかないし、まわりも一転、やってみろ、渡ってみろ、などとはやし立てます。

「それで橋が渡れるようになったら、遠回りもしないですむようになる。ひとのためにもなることだし、すばらしい男気ではないか」

とまあおだてるムキもいて、とうとう守の馬が引き出されてきました。

さあいよいよ、というそのときになって、それまで仲間からぽつんと離れ、沈黙を保っていた男が、ふと呟きました。

「恐ろしいことだ、なんと無謀な！」

●

これを聞きつけた仲間のひとりが、問いただしました。

「おい、なにが恐ろしいのだ、なにが無謀なんだ？　知っていることがあるんなら、いま言っておいたほうがいいんじゃないか」

「いや、知っているというほどのことではない。噂話が気になっているだけだ」

「どんな噂話だ」

「鬼になった女の話なんだ」

「鬼になった女だって!?」

「否も応もなく身を売られ、いやがる身を馬に乗せられ、あの橋を渡らされた女が、その怨みを晴らそうと、死んで鬼となり、あの橋に出没しているということだ」

「そうか、鬼が出るというのは聞いていたが」

「しかも、いかにも立派な馬に乗って橋を渡ろうとする男が、狙われるということだ。権勢をふるう男と思われてしまうのでなかろうか。本当のことかどうかは知らないが、守の馬に乗って、それらしく振る舞いかねないやつだから、やはり気になってなあ」

これを聞いた仲間が、用心のために、馬の尻にアブラを塗っておいたほうがいいと言い出しました。

万が一を考え、たとえ鬼が襲ってきても、後ろから飛びつかれないように、というわけで、みんなで、馬の尻にたっぷりアブラを塗りつけました。

●

さあ、用意万端整い、若武者は出発しましたが、怨みを持った鬼が出るという噂話を耳にしたせいか、橋が近づくにつれて恐ろしく思えてきました。

日も落ちかかり、周囲にはひと気もまったくありません。

いよいよ橋を渡り始めました。

馬が一歩進むにつれて、周囲の寂しさはいや増します。

少しずつ前に進み、さて、橋の半ばに差し掛かったときです。

ひとがひとり！

これや鬼ならむ！　鬼だ！　と思ったのですが、薄紫の薄衣をまとい、いかにも切なそうな眼をした女でした。恥じらいをみせながらも、人と出会えたことをよろこんでいるようでもあり、乗せて行ってあげようか、などと一瞬こころ動きましたが、

いやいや、こんな夕暮れ時、こんなところに女ひとり――

怪しい！

これこそ噂の鬼に違いない、と思い直して、馬を急がせ、女の脇を通り過ぎようとしました。

●

「なんとつれないお方なんでしょう、こんなところに女をひとり置き去りにしてゆくのですか」

そんな恨み言を聞いていよいよ恐ろしくなり、馬に鞭を当てました。
すると女がひと声。
「あな、情けなや」
なんとまあ、情けない男だこと！
この声は、天地を揺るがすかと思えるほどの大音響だったといいます。
ぞっとした若武者は、さらに必死で逃げます。
女は案の定、馬の後ろから飛び乗ろうとしますが、あらかじめたっぷり塗ってあったアブラで滑り、つかまえられません。
若武者が馬を走らせながらうしろを見ると、
女は鬼の正体を現していました――
顔は朱色で、肌は緑青のような色、
目はひとつで琥珀色に光り、
背丈はぐんと伸びていて、髪はぼさぼさ、
爪はひとつひとつがまるで刃――
おそろしきことかぎりなし、だったそうです。

やっと橋を渡り切ったそのとき、鬼はひと言、

「今はこれまでだが、いつかはきっとお前と相まみえようぞ」

と言い放ったとのこと。

やっと邸に逃げ帰ったときは、息も絶え絶え、呪いの橋を渡るなんて、冗談でもすべきことではなかった、と反省しきりだったそうです。

しかし問題はそのあとでした。

●

しばらく日をおいたある日、厄払いのためにと、守が紹介してくれた陰陽師《おんみょうじ》の指示で、堅く物忌《ものい》みすべく、じっと家の中に閉じこもっていたときのことです。

門を叩く音がしました。

「兄さん、兄さん」

陸奥《むつ》のほうへ役人として赴任している、若武者の弟が訪ねてきたのです。

若武者は陰陽師の指示に背くわけにはいきません。

「今日は物忌みの日だから、明日あらためて来るように」

しかし弟は食い下がります。

「そんなつれないことを！　実は同行していた母が亡くなって、そのことを知らせに急いで帰って来たのです。すぐにお暇しますから、話だけでも」

えっ、母が亡くなった？

びっくりした若武者は、門を開けて弟を迎え入れ、詳しい話を聞こうとしました。

ところがほんのひと言かふた言、話し合っただけで、いきなりふたりは取っ組み合いの争いを起こしました。

物音を聞きつけて部屋をのぞきにきた若武者の妻は、驚いて叫びました。

「どうしたというのですか！」

そのとき若武者は弟を組み伏せていましたが、妻に大声で叫びます。

「そこにある太刀をよこせ」

若武者は必死でしたが、妻のほうは半ば戯れているのだろうと、相手にしません。

「兄弟でまあ、なんということを」

「早くしろ、おまえはおれを殺す気か」

と言っている間に弟が体勢を逆転、弟が上になり若武者を組み敷きました。

そして寸分の間もおかず、腰から脇差を抜き、若武者の首に押し当て、これを一気に切り裂いてしまったのです。

●

愕然としている妻に向かって「うれしや」と言う、その顔は——
若武者から聞いていた橋の上の、鬼の顔そのものでした。
悲鳴を上げる妻、
恐怖におののく家人、
ゆうゆうと立ち去る鬼……
けっきょく若武者は、自分の単純な空威張りと見栄で、あたら若い命を落としてしまいました。
若武者の仲間だったこの身にも、なにか起こりはすまいかと、いまだに、気が気ではありません。

第12話

殺したはずの女に恋して堕ちた高僧

名乗るまでもなく、わたしが何者か、お察しくださったようですね。この大きなからだ、魁偉なる容貌、僧衣を脱いだらなおのこと、隠しようがありません。そのとおり、女に狂い、堕落したという評判を身にまとった僧こそ、このわたしです。

そんな評判が立つと、だれになにを言おうと、通じるものではありません。ただ、だれか、たった一人にでも、本当のことを知っておいてほしいと思い悩みまして。世間様にはどんな妙に聞こえることでも、しっかり聞き取ってくださるというあなたさまのことを知って、こうしてお伺いしました。

とはいいながらさて、何からお話ししたものやら。

●

いっときはわたしの祈禱が人智を超えたものという評判が立ち、やんごとなきお方が病に伏せれば、丁重に迎えられ、病が癒えるまでわたしも、全身全霊で祈りを捧げ、そうしたことを幾たびか重ねているうちに、さらに高い評判を得ていました。

だからといってこのわたしが、やんごとないお方たちと同列に見られるべきだなどと思ったことはありません。もとはといえばわたしは下賤の身、しかも子どものころから手の付けられない暴れん坊で、界隈《かいわい》の鼻つまみ者。このすがたかたちもあって、鬼の化身ではないかと恐れられていました。偉そうにしているやつをみると無性に腹が立って、突っかかっていたんですね。

そんなあるとき、ふと迷い込んだのが、お不動様が祀られているお堂でした。

まっかに燃えるお不動様が、目の前にすっくと立ち、わたしを睨みつけたのです。その瞬間、わたしは総身《そうみ》から力が抜けて、立っているのがやっとというありさまでした。

右手に持つ剣にわたしは刺し貫かれ、左手に持った綱でがんじがらめに縛りつけられました。実際、そのように思えたのです。

お不動様が瞋《いか》っていると思いました。

ハンパな瞋りではなく、わたしとそのようなわたしとともにあるすべてに対して瞋り、その全身が瞋りの炎に包まれているようでした。わたしは、これまでのわたしがなんとちっぽけな存在だったか、あっという間におしえられました。

それからは日々、お不動様の前に立ち、全身をお不動様の目に曝《さら》し続けました。夢のなかでもお不動様の目から逃れることはできませんでした。

●

無我夢中だったわたしに、ある日、とんでもないことが起こりました。夢のなかでお不動様に告げられたのです。

——おまえは女に堕ちてゆく運命にある、と。

そんなばかな。そんなはずはありません。わたしは身の回りに女を近寄らせることもせず、ただただお不動様への信仰に邁進《まいしん》していたのですから。

するとお不動様は、さらに言いつのりました。

――お前が生まれ育ったあの村に、おまえを堕とす女がいる。その女の目を見れば、すぐにおまえにはわかるはずだ。その先のことはおまえが自分で切り開いてゆくしかないのだ。

目が覚めてからも気が気ではありませんでした。わたしが女に堕ちる？　ありえないことだ。自分で自分に言い聞かせましたが、なにしろ絶対的に信じるお不動様のお告げです。気になって気になって。

とうとう自分の生まれ育った村に足を運びました。もちろん、わたしを「堕とす女」を見つけるためです。

●

探しまわるほどのことはありませんでした。

村のはずれに、生垣に囲まれた一軒の家があり、そこからひとりの少女が、そう、まだ十歳たらずの少女が走り出てきました。

わたしは何気なくそのようすを見ていました。すると少女のほうも気配を感じたのでしょう。ふっとわたしに目を向けました。

その目を見た瞬間の衝撃をどのように言ったらいいのでしょうか。

とてもこの世のものとは思えない澄んだ目で、わたしにはお不動様の瞋りに燃える目と重なって見えました。邪《よこしま》なものがかけらもない目で、わたしは抗いようもなく吸い込まれるとともに、直感しました。

――お不動様のいう女とは、この少女のことだ、と。

――この女に、いつか絡めとられ堕とされるのだ、とも。

いや、いつかどころの話ではなく、そのときすでにわたしは絡めとられ、己を失いかけていたのです。ものすごい力で引き寄せられていました。

ただ、その力に対抗しようと踏ん張るだけの気力は、まだわたしに残っていました。

それで懐に隠し持っていた刃物を取り出し、たったいま、この少女との縁を絶たないと、わたしの未来はない、と自分に言い聞かせ、少女との最初にして最後の闘いに挑みました。

少女に引き寄せられるままに近づき、すっと刃物を首筋に走らせました。

少女は私の視界から消え、わたしはその場を立ち去りました。

夢のようなできごとでした。

●

ただお不動様のお告げに応えたのだとは思っていました。

これで未来の憂いは絶った、と、暗雲を払った気分でした。

それからは、以前にもまして修行に専念し、自分でも驚くほどの力を身につけ、やんごとないお方たちからも、絶大の信頼が寄せられるようになったのです。

そしてあるとき、病に苦しんでいる高貴なお方のもとに招かれ、祈りを捧げました。周囲にいるもののすべてが、その祈りにこうべを垂れ、祈りに吸い込まれ、祈りは大きな塊となって、とてつもない力をふるいました。

ところがそのとき、吸い込まれまいとする抵抗をかすかに感じました。そんなことはかつてなかったことなので、不思議に思って周囲をそれとなく見わたすと、わたしのすぐ傍らでなにくれとなく面倒を見てくれている若い女性から、わたしに向かって何かが発せられているのを感じました。

その日はそれで済んだのですが、次の日の祈禱が一段落したとき、その女をふと見ると、女もこちらを見返しましたが、その瞬間、全身にしびれが走り抜けました。そんなことははじめてで、どうしていいかわかりません。ところがその女のほうも同じようなおもいでいたらしく、どこか戸惑っているようすがうかがえました。

それでもなんとか自分を抑えて、高貴なお方の病も快方に向かい、わたしもお役御免ということで、そのお邸を去る前の晩のことでした。引き上げる支度もあって、女がつきっきりで世話をしてくれたのですが、時がたつとともに、わたしはもとより、女の様子もしだいに尋常でなくなってきました。

周囲には誰一人いません。わたしを抑えてきたすべてが溶けるように消えていき、わたしは女を抱き寄せ、女もまたふわりとわたしの腕の中に身を投げかけてきました。女が吐く息も、しだいにあらわになってゆく肌も、火のように燃えているのを感じました。

●

女はまさに、まっかに燃えているお不動様の化身でした。

お不動様に抱かれている！

とんでもない錯覚だったのでしょうが、そのときは夢中で、お不動様とならどこへ堕ちて行こうとかまわない、と思いつめてしまいました。

女の喘ぎは、ことのほかやさしい誘いでした。

いっしょに行きましょう、どこまでもごいっしょに――

それからは夜になると自分の庵《いおり》に女を呼び寄せ、精も根も尽き果てるかと思うほどに、肌を寄せ合いました。

このことが明るみに出るのに、それほど時間はかかりませんでした。僧として許されることではありませんから、破門される前に、わたしの方から告白して、仏門を出て、自らを俗に堕とそうとハラを決めました。

●

わたしが意を決したその夜のことです。のけぞる女の喉元に、赤みがかった筋がすっと浮かび上がりました。何かの傷跡にちがいありませんでした。それもかなり酷い傷であったことがうかがえるような傷跡でした。

女に問いただしました。

「これは？」

女はあわてて傷跡を隠そうとしました。

「なんでもありません」

「いや、気になる」

「気にしないでください」

「その傷跡があるからどうするということでは決してない。おまえとわたしの仲ではないか。どうしてもいやだというなら、あえてこれ以上は聞くまい」

「いいえ、いやだというのでもなく、隠し立てをするつもりもありません。いつかはお話ししなければと思っていましたから」

「うむ」

「実はまだ子どもだったころ、家の近くで遊んでいたとき、見知らぬお坊さんが近寄ってきて、わたしをじーっと見つめ、なにかささやきかけたのですが、聞き取れずに、問い返そうとすると、やさしげな声で『なんといとおしいこと』と言うなり、わたしの首を斬りつけたのです。幸いすぐに母が気づいて手当をし、医師に駆け込んでくれて、命だけはとり留めることができました」

その話を聞いてわたしはぞっとしました。

そうです。女は、あのときの少女でした。

わたしはただ黙って女を抱きしめました。

わたしが無慈悲にも奪ったはずの若い命が、わたしの腕の中で蘇るというこの奇跡こそ、お不動様がもたらしたものと、確信しました。

そしてこの女への想いを深めてゆくことが、すなわちお不動様への信仰を深めてゆくことだとも。

自らを俗に堕とすということは、そういうことでもあったのですね……

第13話

灯りに映し出された美女

宮中で皇族の女性にお仕えしていた、小中将君《こちゅうじょうのきみ》という妙齢のお方が、病を得て間もなくお亡くなりになりましたが、それなりに親しくしていたわたしにとっては、あまりに急なことでもあり、なんだか得心がいかず、お話を聞いていただこうと、こうしてやってまいりました。

この小中将君という方は、見た目も、そのたたずまいも、それはそれはうつくしく優雅で、そのうえ気立てもよく、わたしたち仲間内の評判も上々でした。嫉妬と羨望、はては陰謀まで渦巻く宮中でも、この方をわるく言うひとは皆無といっていいほどの、ほとんど奇跡的な存在でした。

これと決まった男性はいませんでしたが、宮中に出入りするような、ある貴族の方と、ときどきひそかに会ってはいました。そのことはたぶん、わたしを含めて数人しか知らないことでした。

●

ある夕暮れどきのこと、それまで明るかった部屋に、じわじわと薄闇が広がっていき、とうとう燭台に灯りがともされたそのとき、薄闇のなかにぼんやり、ひとのすがたが浮かび上がりました。

はじめのうちは、なんとなくひとのかたちめいたものが見えていました。

鬼？

わたしたちはびっくりして、まさかと思いながら、まだ見たこともない「鬼」を、想像してしまったのかもしれません。でもすぐにそれが「鬼」でないことはわかりました。「鬼」ではなく、しだいに、艶《あで》やかな薄紅色の単衣に身をつつんだすがたが、現れてきたからです。

息を呑む気配が部屋中に広がっていきました。

ことばが出てきません。

それが「鬼」だったら、ただただ恐怖に打ちのめされて、それほどの緊迫感は生まれなかったんじゃないでしょうか。

すっと立ったそのたたずまいといい、垣間見える白い肌、口を覆った袖の向こうに見える柔らかな眼差し、長い髪のつややかさなど、まさに小中将君そのままで、わたしは、心底、ぞっとしました。

小中将君その人が、触れることのできないまぼろしとなって、立っているようにしか見えませんでした。

●

だれもが、なにをするでもなく、ただただ呆然と、そのうつくしいまぼろしに、見入っていました。異様な時間でした。

わたしはというと、ほとんど金縛りにあったようで、身動きなど、まるでできませんでした。それどころか、そこにいるということが、信じられないような、奇妙な感覚に囚われていました。

いまここにいるのは、わたしのまぼろしなのだ、そして隣にいるわたしの仲間も、まぼろしなのだ、すべてではなく、まぼろしなのだ、とでもいえばいいのでしょうか。すべてがふわふわしていて、手応えがないのです。

もちろんこんなことははじめてで、けっして気持ちのいいものではありませんでしたが、一方で、ずっとこのままであってほしいという、思いもありました。

そんな感覚を、どのくらい味わっていたのでしょうか。

もしかしたら、燭台に小さな炎が立ちのぼる、ほんの一瞬のあいだに起こったことなのかもしれません。

●

だれかが、まぼろしに立ち向かう緊張に耐えられなくなったのでしょうか。

小中将君！　と叫ぶと、部屋いっぱいにざわめきがひろがり、そのざわめきに勇気づけられたのでしょう、別のだれかが、燭台に近寄り、灯りの芯を掻《か》き落とし、灯を消しました。

すると部屋いっぱいに闇が広がり、それと同時に、小中将君のまぼろしも、ふっと消え、なんとなく安堵の気配が部屋に流れました。

しかし、すっかり元に戻ったわけではなく、しばらくのあいだはだれも口をきけずにいました。あたかも、この不思議なまぼろしと、それによってわが身に起こった奇妙な感覚を、もう一度確かめようとしているがごとくでした。

●

その翌日のことですが、わたしはたまたま出会った小中将君に、こんなことがあったのよ、と話しました。

小中将君は、その話を当たり前のように受け止め、早く灯りを消してくれればよかったのに。そんなにいつまでもみんなに見られていたなんて、恥ずかしいわ、とかるくにらまれました。

やがてこの話が知れわたったとき、古くからここに出入りしている方々から、すぐに知らせてほしかったわ、と責めるように言われました。実は、このようなまぼろしが現れるというのは不吉なことであって、まぼろしとなって現れた当人に、何ごとも起こらなければよいのだけれど、と脅《おど》されもしました。

そのようなときは、直ちに灯りを消して、灯芯の燃えかすを水に溶かして、映し出された当人に、飲ませなければならないのだそうです。

自分で自分のまぼろしを呑み込む——これだけが、不吉なことから免れる唯一の方法だとのことでした。

しかしその話を聞いた時は、まぼろしはけっきょく、まぼろしのまま消えてしまっていて、もはやどうしようもありませんでした。

やはり、自分たちの理解を超えるできごとに遭遇したときは、経験豊かな方々にひと言、相談すべきだと、あらためて思いましたが、そのときのわたしは、小中将君に何ごとも起こらないように、祈るしかなかったのです。

●

さてそれから二十日ばかり経ってからのこと、小中将君はなんだか体調がすぐれない、風邪をひいたようだと訴えて、二、三日、寝込んでしまいましたが、どうも回復するには時間が必要だと判断したようで、このままでは皆さまにご迷惑をかけるばかりだからと言い、実家に帰ってしまいました。

さて、小中将君に半ばご執心だったらしい貴族の方ですが、そうとも知らず小中将君を訪ねてきましたが、これこれこういうわけでいまはご実家です、と知らされると、さっそく実家まで足を延ばして、小中将君に会いに行きました。

思いがけない方が訪ねてきたと知り、無理して起き出してきた小中将君に、明け方には所用あって旅に出なければならないので、今夜はとにかくようすを見に来たのだと、まあ都合のよろしい言い訳をして、それでもご自分の欲望だけは小中将君にぶつけて、早々と立ち去ろうとしました。

ところが、その短い逢瀬のなかで、やはり小中将君のようすがおかしい、ただならないものを感じたとのことで、けっきょくはすぐに立ち去ることもできず、お泊まりになりました。

その夜、小中将君はその方を、片時も離そうとしなかったそうです。

ただ抱いていてくだされればいいのです、ずっとこのまま――

小中将君のことばにほだされましたが、そのからだは異様なまでに熱く、まるで腕の中で溶けていってしまいそうで、そのまま燃え尽きてしまうのではないかと、不安にかられるほどだったそうです。

それでも夜明けとともに床を離れ、帰路につきましたが、やはり、いつもの小中将君とはまるで違う、ようすがおかしいと気になり、家に帰るとすぐに使いのものに手紙を持たせました。

「どうにも気になってしかたありません。旅立つときにそちらへお寄りしましょうか」

と、手紙には書いたそうです。

使いの者に急がせ、すぐに持ち帰ってきた返信を、取るものもとりあえず開いてみると、そこにはただひとこと「鳥部山《とりべやま》」とだけ、なんとも味わい深い筆で書かれてありました。

鳥部山とは、都の人なら知らぬ人とてない、死を象徴する地名であり、その名だけ記した手紙には、なんとも禍々《まがまが》しい気配が漂っていたはずですが、そのお方にとっては、筆遣いだけが強く印象に残ったようです。

小中将君の柔らかくて吸い付いてくるような肢体が、その筆遣いから浮かび上がり、さらに、ひとのこころをかき乱してやまない囁きが、聞こえてくるようだったとのことです。

●

けっきょくそのお方は、小中将君のもとに立ち寄ることもなく旅に出ましたが、旅先で、なすべき公用以外はすべてお断りになり、大急ぎで用事を済ませ、都に戻り、その足で、小中将君の実家へ行きました。

すると小中将君ではなく、その家人が出てきて、

亡くなりました。ゆうべ、鳥部山に葬りました――

そのお方は愕然としましたが、突然の訃報というより、それ以前から得体のしれない不安が絶えず押し寄せてきていて、それが堰《せき》を切ったようにあふれ、わが身に襲いかかってきたようで、抗うこともできず、その場にしゃがみ込んでしまったそうです。

しかし、もう時は戻ってきません。

小中将君がお亡くなりになったという知らせは、すぐにわたしどもの部屋にも届き、だれもものを言うことさえできず、涙をはらはらと落としました。あまりにもはかなく、かなしいできごとであり、小中将君の、一点の濁りもない存在の大きさに、あらた

めて気づかされました。

それにしても、あの灯影の美しいまぼろしを見たとき、灯芯の燃えかすを水に溶かし、当の小中将君に飲ませてあげればよかったのに、と、言い伝えを知らなかったことが、ほんとうに悔やまれます。

あのとき、そこに居合わせた者のうち、ただのひとりも、そのことを知らなかったなんて、それもまた小中将君の、あわれな定めだったのかもしれませんが、ほんとにそんなことってあるんですね。

ところで、わたしがまぼろしとなって現れたときは、だれもそんなことをしてくれなくていい、小中将君のように、運命《さだめ》に従うまでのことと、いまはそう思っています。

ひとの命のはかなさを知ってしまうと、つい、そんなふうに……

第14話 妖しい香りに酔わされた男

わたしがお仕えしている方は、宮家に連なる高貴なお方なのですが、このところすっかり痩せ衰え、このままでは命にも関わること必定、なんとかお救いする方法はないものかと、ご相談にまいった次第です。

その方のお名前は平中《へいちゅう》様。血筋がよいのはもちろんのこと、すがたかたちも美しく、すべてが優雅で、宮中の女性たちは、身分の上下や年齢を問わず、だれもがひそかに憧れ、ため息をもらすような方でした。

平中様のほうもまあ、次々にそんな女性たちをたのしませ、夢中にさせたりしては、それほど時をおくことなく、夜離《よが》れして、つまり通わなくなって、悲しませることも再々でした。それでも、深くうらまれることもなく、ここまで済ませてきたのが、わたしからすれば、不思議なくらいでした。

●

しかしどんなことにも例外はあるもので、平中様の思い通りにならなかった方もいます。それは、宮中一の美女と噂されながら、だれひとりそのすがたをしかいと見たことがないという、なんとも謎めいた方でした。

人びとは幻の君と呼んでいましたが、そんな呼び名だけでも、平中様のこころを動かすには十分でした。放っておくわけにはいきません。なんとか自分のほうに靡《なび》かせようと、ことさら丁寧に口説き落とそうとしたのですが、そうやすやすとコトは運びませんでした。

幻の君からすれば、平中様の手に落ちるということは、自分を並の存在にしてしまうということであり、それは到底許せることではありませんでした。

というわけで、平中様が、水茎《みずぐき》の跡も麗しい手紙を何度届けても、一通の返事さえ返ってきません。完全無視です。

そんな仕打ちを受けたことなどついぞなかった平中様、まあわたしに言わせればそのまま放っておけば、いずれ機会はくるものと、ハラをくくればよかったのでしょうが、抑えようとすればするほど、どんどん思いは募っていったのかもしれません。それもまた平中様らしいといえば、そうなのかもしれませんが。

●

返事が得られない平中様。とうとう、せめて「この手紙を読んだ」と、それだけでも返事を下さいませとまで書き送りました。

幻の君も、さすがにこれは無視できなかったのでしょう、思いがけず、すぐに返事が届きました。

平中様がよろこんだのは言うまでもありません、はじめての反応ですから。期待と不安でワナワナ手を震わせながら手紙を開くと、そこはかとない香りがして、こころときめきましたが、そこには平中様がお書きになった、「読んだ」という部分だけが千切られ、貼られていました。

なんということでしょう。

いじわるというか、かしこいというか……

しかし、こんなことで怒ったりめげたりするような平中様ではありません。少なくとも反応があったということで、自分の存在を印象付けることはできたと確信したのでしょう。こうなったら、然るべき時を待とうと、燃えさかっていた想いをとりあえずは慰め、鎮《しず》めていました。

●

これが真冬のことでしたが、さて梅雨時になって、雨が降りしきる夜のこと、ふと、こんな寂しい夜にとつぜん訪ねていけば、いかに鬼のような冷たいこころを持っていても、さすがに「あはれ」と思ってくれるのではないかと、夜もすっかり更けてから、降りしきる雨の中を、幻の君のもとへ行き、いつも取り次いでくれる女《め》の童《わらわ》に、恋しさのあまり訪ねて来たとお伝えください、と。

すると女の童は、あまりにも思いがけない訪問に驚き、すぐに奥のほうへ向かいました。さてどんな反応が返ってくるか、半ばはだめだろうと思いつつ待っていた平中様でしたが、程なくして戻ってきた女の童のこたえは、思いがけないものでした。

――今はまだ周りの人たちも起きていますので、しばらくお待ちください、然るべきときにご自身でお迎えに来るとのことです！

あんなにつれなくしていても、こういう夜にわざわざ訪ねて来たわたしの想いに、こころ動かされたのだろう、と舞い上がった平中様、奥の間へと続く板戸の前に立って、ひたすら待ちました。

一日千秋の思いとはこんなことかと、たかぶる思いを抑えつつ待っている平中様の周辺から、しだいにひとの気配が消えていき、やがて、すべてが寝静まっていくようでした。平中様のこころに、ちらっと疑念が浮かび上がってきました。

今宵もまた……

●

と、そのとき、板戸の向こうからこちらへ近づく衣ずれの音がして、カギが外されました。平中様はゆっくりと、板戸を引きました。

静かに開く板戸！

これは夢ではないか、こんなことがあるのだろうか、長い間焦《じ》らされてきただけに、にわかには現実のこととと思えない平中様でした。

部屋の中には、かぐわしい香りがほのかに漂っていました。

虚薫《そらだ》きという、別の部屋で香を薫き、その香りが滲み出てくるのを来客に味わってもらうという、香のワザによるもので、それだけでも幻の君の深いこころに触れたような気がして、平中様が冷静さを失ったのも無理はありません。

●

そして薄闇の中を、寝床と思われるほうへ歩み寄ると、女が衣一重《きぬひとえ》を身につけて、ひっそりと横たわっています。

ああ、とうとう、と思いながら、寝床から流れ出る髪の毛に触れ、さらに感動が湧き上がるのを抑えかねていると、女がひそやかな声で淡々と、とんでもないことを忘れていたと言いました。なんと、板戸のカギをかけ忘れた、というのです。

かけてこなければなりませぬ、という女に、では、急いで、と平中様。

女は起き上がって板戸のほうへ向かい、平中様はそれを機として装いを解き、期待にふるえるからだを横たえ、女が戻ってくるのを待ちました。

ガチャリとカギのかかる音が響きました。

それはまるで、これから起こるであろうことを受け容れる、女の覚悟を示す音のように聞こえました。

しかし、だがしかし、女は戻ってきません。

それどころか、女の気配さえじわじわと、やがてすっかり消えてしまいました。

さすがにこれはおかしいと思った平中様、板戸へ行ってみると、なんとカギは外れたまま。試みに板戸を引いてみると、これが開きません。向こう側からカギがかけられていたのです。

なんということでしょう。

悔やんでも嘆いても、時すでに遅く、もはや詮ないこと。

思わず涙が溢れ出てしまった平中様。

こんなことなら、自分でカギを確かめに行けばよかったのに、なんとまあ浅はかなことを、と自分をはげしく責める平中様でした。

幻の君は平中様の熱意を試したのかもしれませんね。だって、香の虚薫きまでして、迎え入れたのですから、全面的に拒んでいたとは思えません。

●

平中様、これでもう諦めがついたかというと、そんなことはなく、かえって想いは募って、どうにかして忘れたいものと、そのひとの嫌なところを見つけて、思い切ろうとまでしました。

そこで思いついたのが、幻の君の排泄物を目にし、手にすることとでした。そうすることで、なんだ、普通の女と変わらないじゃないか、むしろ蔑《さげす》めるかもしれない、そう算段したのでした。

それで、排泄物を容れた箱を、女の童が運ぶとき、それを強引にでも奪い取ってやろうと、まあ正気とは思えない考えに取り憑かれ、実行してしまいました。

宮中に縁のある方のすることはすごいもので、排泄物を容れた箱は、薄紅色の美しい布に包まれ、扇で隠して運ばれていきます。

平中様はこれを待ち伏せして、奪い取ったのです。

その箱は漆塗りの美しい箱で、手に取るのも気が引けるような高級品でした。それでも思い切って蓋を開けると、香りがほんのりと漂い、中には、色づいた水が入っていました。そこに親指ほどの大きさの塊が三切れほど。これがアレか、と思ったものの、なんとそこからも、こうばしい香りが漂ってきます。

不思議に思った平中様、思わず指をその塊にちょっと差し入れてみると、その指もかぐわしい香りに包まれます。この世のものと思われないほどの、ひとを酔わせ狂わせる香りです。

なんというおひとなんだろう、とてもこの世の人とは思えない、と、これで平中様は、ますます幻の君への想いを深め、ほとんどがんじがらめにされ、どうにもそこから逃れられなくなってしまいました。

それにしてもどうしてこのような、ひとを酔わせ狂わせる香りをつくりだせたのか、このひとはいったい何者なのか、ナニモノなのだろうか。

ナニモノでもいい、なんとかしてことばを交わし肌を重ね、そのひとのほんとうの香りに、我が身を包みたいものだ、と、平中様はひたすら望み、思いつめ、ほかのことからこころを閉ざしてしまいました。

●

平中様は、こうも叫んでいました。

あの方は鬼だ！

なによりも美しく、かぐわしい、この世のものならぬ鬼なのだ。

宮中の繊細なこころをもった男や、高貴なお方のこころを惑わせ、狂わせ、ついに死に至らしめる鬼なのだ。

わたしもまた、安んじてあの鬼のおそばに行って、えもいえぬ香りに包まれて死にたいものだ、と。

これこそ究極の恋というべきなのでしょうか……

第15話 馬にされた修行僧

私を含めた三人の僧が、四国の海辺を、伊予、讃岐、阿波、土佐と経めぐりながら修行していたときの話です。この世とは思えない魔境に迷い込み、とんでもない目に遭いました。

その日もずっと、海岸沿いに歩いているはずが、思いがけず、山の奥深くで堂々巡りしたりしていました。

初めのうちは、低い方へ低い方へと足を向ければ、自然と海辺に出るだろうとタカをくくっていましたが、それはなんとも甘い判断で、いつの間にか人跡絶えた深い谷の中をうろうろ。しだいに焦りがつのってきて、あっちへ行きこっちへ向かったりしているうちに、不意に開けたところに出て、周囲に垣根をめぐらせた人家らしきものが、目に入ってきました。

●

こんなところに人家が？　いったいだれが？　という訝《いぶか》しさはありましたが、すでに脚は棒となって疲労困憊、そのうえ、心細さや不安に押しつぶされそうになっていたところですから、たとえこれが鬼の住処であっても、かまうものかと、木戸を開け、三人でかわるがわる声をかけてみました。

するると奥の方から「おおう」と返答がありました。

「修行中の者ですが、道に迷いまして……」

「しばし待たれい」と力強い声。

どうやら鬼でも邪でもなさそうだ、と三人で顔を見合わせました。

しかしほっとしたのも束の間、やがて出てきたのは、どこがどうということはできませんが、とにかくあらあらしく、恐ろしげな気配を全身にまとった、六十歳は越えているであろう老僧でした。ところがそんな気配とは裏腹に、ことばやさしげに迎えてくれました。

さぞお疲れであろう、と言って三人を庭に面した廊下に上がらせ、奥に戻って、なにやら指示していたかと思うと、それほど待つこともなく、おとなだか子どもだかわからない、たぶんその老僧の弟子にあたるらしい男が、食事を運んできました。思いがけないご馳走で、それでなくとも空腹をかこっていた三人は、無我夢中でいただきました。

●

それからです。それまでとはうって変わった、恐怖の時間に投げ込まれたのは——

食事が終わるとすぐに、老僧のようすががらりと変わり、はじめて見たときに感じた恐ろしげな気配が、嗅いだこともないような、生ぐさい臭いとともに、全身からじわじわと滲み出てきました。そして奥から人を呼ぶと、出てきたのが、これまたなんとも怪しげな法師。

「例のもの」を持ってくるように老僧から命じられた法師が、奥から手にしてきたのは、馬の手綱とムチでした。

そして老僧に促された法師が次にしたことは、仲間の修行僧のひとりを徹底的に痛めつけることでした。

いきなりその修行僧を廊下から庭に引きずり下ろし、何をするつもりなのかと、こちらが案じる間もなく、修行僧の背中をムチでさんざん打ち据えました。

その修行僧は、悲痛な叫び声をあげて助けを求めましたが、助けようにもいかんともしがたく、法師のほうは、平然と、渾身の力をこめて打ち続け、腕が思うように上がらなくなると、こんどは修行僧の衣を剝いで、裸のからだに容赦ないムチ打ちです。これもムチをふるう方がクタクタになるまで、立て続けに打ち、とうとう修行僧のほうは、気を失ってしまいました。

するとぐったりした修行僧を、法師が乱暴に抱き起こそうとした、そのときです！

どこでどうなったのか——

な、なんと修行僧は馬になっていて！　胴震いしながら立ち、そこへ間髪を容れず手綱が付けられ、どこかへ引き立てられていきました。

程なくして法師が戻ってきて、またひとり、まったく同じように庭に引きずり下ろされ、衣越しに立て続けのムチ打ち、続けて裸のからだにも、激しいムチ打ちを受け、ついに気を失い、馬になり、引き立てられていきました。

残されたわたしに何ができるというのでしょう。ただひたすら、こころの内で、頼みにしている本尊に祈るしかありませんでした。

すると老僧が、こいつはしばらくこのままで、まずはひと休みじゃと言い残して、奥にそのすがたを消しました。

人をムチ打って馬に変えるのは、相当の荒業だったのでしょう。

法師のほうも息を荒くしていましたが、鋭い目で私をにらみ、一歩たりとも動いてはならぬと命じ、老僧のあとを追うように奥へ消えていきました。

●　●

ひとり残された私はなんとか気を取り直し、馬にされてしまうくらいなら、命を賭してでもここから逃げ出そう、とこころに決め、その機会を待ちました。

老僧も法師も奥に引っ込んだきり、やがて夜になり、あたりは深い静けさに包まれていきました。

今だ！　逃げるか、さもなくば死だと、覚悟を決め、そっと家を抜け出し、荷物も持たず身ひとつで、ただただ走り続けました。

どこに向かっているのか、どこへ出るのかなど、なにも考えず、その家から遠ざかることばかりを考えて、ひたすら走りました。

やがて、人が住むらしい家が見えました。

もう騙されまいぞ。

そっと走り抜けようとしたとき、目の前に女がひとり現れて「どうなさったのですか」とひと言。その声は、恐怖に凍りついた私の心を溶かす、慈雨のような優しさに溢れていました。

「修行仲間が目の前でムチ打たれたばかりか、馬にされ……」

と、ここまで話したところで、胸がつまり、涙がどっと溢れてきました。ありえない光景を目にした恐怖はもとより、これまで苦難の道をともにしてきた仲間たちとの、悲惨な別れが思い出されて、涙が止まらなくなってしまったのです。

それでも、なんとか嗚咽《おえつ》を抑えながら、これまでのことを洗いざらい話しました。話は支離滅裂だったと思いますが、その女はちゃんと聞いてくれたうえで、「それはそれは大変でしたね、さ、中へ」と家に入れてくれました。

「実はわたしはその老僧の妻なのです。

あっ、怖がらないでください。なんとかあのようなことをやめさせようと思っていたのですが、これまでは力及ばず、馬にされた人たちは町で売られ、そのおカネで食糧などを得てきました。

そんなことを許してきた自分が情けなくて。こうなったら、せめて、ここまで逃げて来たあなたを、なんとしてもお助けいたしましょう。

ただ、今すぐ脱出するのはとても危険です。あの老僧がやってくるからです。しばらく隠れていてください」と小さな部屋に案内されました。

「窮屈でしょうが辛抱してください。ぜったいに音など立てないで、じっとしていてくださいね」

ここはもう、言われた通りにするしかありません。

ひっそりと物音を立てないように気をつけながら、ただただ時が過ぎてゆくのを待っていました。

するると、外から恐ろしげな気配が近づいてきて、やがて家中に広がり、それとともに、生ぐさい臭いが漂ってきました。たしかに記憶に刻み込まれた臭いで、なんともいえない気分に襲われました。

やってきたのは、やはりあの老僧でした。

老僧は女とひと言ふた言、言葉を交わすと、乱暴に女を抱き寄せ、床に押し倒し、そのまま女を貫いて、はげしく交わっているようでしたが、やがて満足したのか、再び女とちょっと話したかと思うと、すぐに、騒々しい音を立てて家を出て行きました。

●

女は少し間をおいて、小さな部屋から私を出してくれました。

「もう大丈夫ですよ。命拾いをしましたね。ホントに運の強いお方です。わたしもうれしく思います。この辺に若い僧が来なかったかと聞かれましたが、いいえ全然、と答えたら、さもありなんと言ってましたよ。

逃げ出した奴なんだが、どうせ道もわからないにちがいない。どこかで野垂れ死にするだけだろう、とも」

そして、この魔境から抜け出す道を丁寧におしえてくれました。私は伏し拝む思いで、丁重に礼を申し述べました。

教えられた道を辿っているうちに、夜も更けてきましたが、休んでいる場合ではありません。つまずいたり転んだりしながらも、なんとか歩き続けていると、やがて夜が白々あけるとともに、海が見えてきました。

とうとう魔境を脱出し、現世に戻ることができたのです。

●

あの老僧は何者だったのでしょうか。

鬼だったのでしょうか。

あの生ぐさい臭いは鬼の臭いだったのかもしれません。

それにしても、何があの老僧を鬼にしたのでしょうか。鬼の棲む魔境の一端を、垣間見てしまったわたしの命は、どうなるのでしょうか。ずっと付け狙われるのでしょうか。

そして、私を救ってくれた女は、ほんとうはだれだったのでしょうか。仏の化身だったのかもしれません。

女からは、この山奥に、こんなところがあるなんて、ひとに言ってはいけません、と念を押されていました。

もちろん私はだれにもしゃべっていませんが、修行する者を引き入れるあのような魔境については、後の世にも伝えるべきではないかと思い、ここまで生き永らえたのを幸いにして、こうしてお話しさせていただきました。

第16話 カブラの穴と少女

わたしの友人のことなのですが、あまりにも奇妙な話なので、だれもまともには聞いてくれませんが、やはり話しておきたくて、ここに参った次第です。

その男は、ご両親とも早くに亡くし、ずっと独り身でしたが、根は真面目で、懸命に働いていました。しかしすべて下働きで、都ではウダツが上がらないし、このまま老いてゆくのもなあ、と、これはわたしと同じ思いでいました。

あるとき一念発起して、二人で東国へ行って、さて、ひと旗上がるかどうかはわかりませんが、思い切ってやってみようということになり、東国目指して、てくてく歩き出しました。

●

ろくに宿も取らずに、歩きつづけたのですが、とある農村を抜けて行こうとした時、男はちょっと先へ行ってくれと言って、丈の高い草の生えた畑へ入って行きました。まあ、用足しをしたくなったのだろうと思って、ひとり先に行き、こちらも疲れてきたので、小さな祠のある社でひと休みしていました。

やがて追いついてきた男のようすが、どこかスッキリした感じだったので、何かあったのか聞いてみると——

ずっと女っ気がなく、ちょっと溜まりすぎていたんで、どうにも我慢ができなくなって、さっきの畑のなかでこっそり自分で、と。

恥ずかしそうでしたが、その男にとっては、自慢話だったんでしょうかね。なお詳しく話してくれました。

「実はな、畑には、引っこ抜かれたばかりのカブラがずらりと並んでいて、その白く艶《つや》やかなカブラが、女のなまめかしい太腿に見えなくもなくて、そそられちまって。さっそくそのうちのひとつを手に取り、穴を穿《うが》ち、これを女に見立ててオノレを差し込んで、やっちまったんだ」

なんとカブラ相手に、精を放ったということでした。

よくもまあ、と思いながら、どんな感じだったかなど、聞くのもばかばかしく、そのカブラはどうした？　とどうでもいいことを聞いたら、農家にお返しするつもりで、元に戻しておいたよ、などと答えるのでした。

●

さて、その農村では採り入れどきでもあったので、近所の女・子どもたちを含め、農家一軒ごとに村中の人を総動員して作業したそうですが、そのうちの一軒に、まだ十四、五歳の少女がいて、畑の中でこのカブラを見つけ、そこに穴が穿たれているのを不思議に思いながらも、空腹に耐えきれず、細かく割りながら食べてしまいました。

塩で揉んだような、ちょっと変わった味がするな、とは思ったそうですが、べつに腐っているわけではなし、問題にするまでもなかったとのことでした。

その後しばらくしてから、この少女の気分がすぐれなくなり、その気配が妊娠時によく似ていたので、両親はすこし心配したものの、親しくしている男がいるわけでもなく、すくすくと育ってきた娘だったので、まあその年頃の娘にありがちな気鬱《きうつ》のようなものだろうと、軽く考えていました。

しかし、なんということでしょう、娘のお腹が次第に膨らんできて、まさかまさかと思っているうちに、懐妊していることがだれの目にも判るようになってきました。

●

焦ったのは両親です。当然のことですが、相手がだれであるか、娘に問い詰めました。しかし娘のほうには、まったく思い当たることがありません。だれが相手かと問われても、答えようがありませんでした。

オトコのオの字も知らないはずの娘ですから、それも当然の反応で、娘自身、ただ当惑するばかりでした。周囲の者も、異口同音に、親しい男など見たこともないし、心当たりもまったくないと証言します。

問い詰める両親とて、娘を信じる気持ちがつよく、あらゆる可能性を思い浮かべなががら、なお尋ねたのですが、けっきょく相手はわからずじまい。それではと、とにかくふだんと違うことがなかったかと、そこまで話を広げて尋ねてみると、娘がまさかと言いながら話したのは、穴のあいたカブラのつまみ食いでした。

娘自身もそれが原因とは、これっぽっちも考えていなかったし、両親のほうも、ふんふんと聞き流すばかりでした。

まあそんなこんなで月日が経ち、いよいよ臨月を迎えました。そうなると両親も、相手の詮索なんかどうでもよくなって、無事の出産だけを必死で祈りました。

その甲斐あってか、娘は無事に男の子を産み落としました。元気な男の子で、両親は初孫の誕生とあって、大きな喜びにひたることができました。

●

さて、わたしの知り合いの男のほうですが、東国でそれなりの成果を上げ、気分高揚、少しは余裕もできたので、追われるようにして出てきた都のようすをのぞいてみようと、ことさらに従者を引き連れて、わたしと一緒に、都へ戻ってみることにしました。

その途中、件《くだん》の畑の脇を通り抜けようとしたとき、男はふと数年前に立ち返り、将来の展望も開けず半ば落ち込んでいながら、性欲だけはむやみにさかんだった自分が、懐かしくなり、従者に打ち明けました。

「むかし、都から東国へ向かう途中、この丈高い草の生えた畑を見て、それまでなんとか抑えていた欲望が、とてつもなく膨れ上がってきて、どうにもがまんできなくなってなあ、草むらの中に入ると、そこに白い肌が見えたのだ。

いやいや、そんなところに女がいたわけじゃない。大きなカブラだった。それでもこっちの気持ちは抑えきれない。とうとうそのカブラに穴をあけ、そこにオノレを差し込んだら、ひやりとしてなんとも気持ちがよくなり、あっという間に、それはそれはたっぷりと精を放ってしまったんだ。

そうなるとなんだか恥ずかしくなってな、そのカブラをそこらに放り出し、草むらを急ぎ足で抜けて、元の道に戻ったんだよ。ナントモハヤの、ものがたりだわな」

ところがこのとき、草むらの陰になっていて、そのすがたこそ見えなかったものの、あの少女の両親が、カブラの採り入れに励んでいて、母親のほうがこの与太話を、聞くとはなしに聞いてしまったのです。

そして母親は、娘があのとき、穴のあいたカブラをかじったと、話していたことを思い出したのです。そのカブラこそ！　もしやと思って、男の前に飛び出した母親、なんですって、いまなんとおっしゃいました？　と夢中になって聞き出そうとします。

あわてた男、いやいや今の話は冗談ですよ、じょうだん！　とはぐらかそうとします。畑泥棒と間違えられたのか、とあわてててしまったのです。

母親のほうは真剣です。これは聞き逃すわけにはいかないと、必死でもあります。

「わたしたちにとって、とても大事なことなのです。ほんとうのことをお尋ねしたいのです。お願いします」

「といわれましても、わたしはただこの辺りに育っていたカブラと戯れただけでございます。すみません、若気の至りで、盗むとかそんな大それたことをしたわけではありませんので、どうぞお許しください」

「いつのことですか」

「もうかれこれ五年ほど前のことです」

「やっぱり……」

「やっぱり、なんですか」

「確かめたいことがあります」

と、母親。真剣なのです。男のほうは訳がわからないながらも、このままにしておくわけにはいくまい、と。

●

どうぞこちらへと案内されるまま、母親について、家の中に入って行きました。

実は、と母親の話したことは、実にもう、ありうべからざることで、自分が精を放ったカブラを、母親の娘がかじり、もしかしたらそれが原因で孕んだのではないか、というのです。

母親とてそんなことは、荒唐無稽もいいところで、現実にはありえないことと、一蹴《いっ しゅう》したかったのですが、当の男が現れたので、まあ確認だけはしておこうと、思ったのでしょう。

娘が生んだその子に、ぜひ一度会ってもらいたいというのが、母親の願いで、断る理由もないので、わかりました、と言うと、母親は五歳ほどの男の子を、奥から連れてきました。

●

対面して男は心底びっくりしました。

少年時代の自分が、そっくりそのまま、そこに立っていたのです。

母親もあらためて驚き——あれまあ、瓜二つだわ！

男は自分でも、そっくりだと思いました。

もはや疑う余地もないと確信した母親は、こんどは娘を連れてきました。

二十歳過ぎの、文字どおりヒナにはまれな美貌と、すらりとした肢体が艶《なまめ》かしい女が、目の前に立って、どこか懐かしそうに微笑んでいます。

母親の目からは涙があふれ出ました。とうとうかわいい孫の父親が見つかったのですから、うれしくてたまらなかったのでしょう。

男のほうも、これまでになく心揺さぶられました。目の前に自分そっくりの「わが子」がいる。しかもその子の母親はことのほか美しい。ここから立ち去る理由はまったくありませんでした。

男は躊躇《ためら》うこともなく、こころを決めました。この美しい女と夫婦になり、男の子をしっかり育てるために、畑を生活の糧として汗水流してみようと。

●

まあ、都に行っても、これといった当てがあるわけではなく、東国にだって、どうしても戻らなくてはならぬ仕事が待っているはずもなく、従者たちには、それなりの手当てを渡し、農家に婿入りしました。

あとでわたしは母親から、さらに詳しい話を聞かされました。

母親は娘のカブラ噺を、聞くには聞いたものの、それと妊娠を結びつけることなど、とうていできませんでした。もしかしたら娘はだれとも知れぬ鬼に襲われ、そのことが明るみに出るのを恐れて、窮余の策として、カブラ噺を作り上げたのではないかと、ひそかに疑っていたそうですが……

それにしても、この話には、どうにも信じ難いところがありますが、いやいや、大いにありうる話でもあると思うのですが、いかがですか？

第17話 この世ならぬ者と契りを結んだヒメ

わたしは、今はひとりです。

でも、わたしをとても大切にしてくださる方に守られています。その方が今、どのようなおすがたをしているのか、とんと見当もつきません。わたしがひとりになってしまったのも、その方のおすがたを見ることができないのも、情けないことですが、すべてわたしの浅はかさゆえのことです。

もとはといえば、他言無用、ひとにには絶対にしゃべらないようにと、繰り返し交わした約束を、わずか一日さえ守れなかった、軽薄きわまりない都の男に、わたしが騙されたことが発端なのですから、やはり自らまいた種というべきなのでしょう。

わたしもまだ若かったし、それまでかなり長い間（と自分では思っていました）若い男など見たこともなく、話したこともなかったので、好奇の心がふらふらと、迷い出ていたのかも知れません。

●

わたしがその方とすんでいた庵《いおり》は、都のはずれ、北山のさらに奥、人里離れた谷の狭間にありました。このあたりには天狗が跳梁する林や、鬼がひそんでいる森などもあって、人が近づいてきたことなどありませんでした。

ところがある日、日もとっぷりと暮れた頃、ほとほと戸をたたく音がしました。人が訪ねてくるなんて、考えたこともありませんでしたから、ぎくっとしました。まだその方は出かけたきりで、わたしひとりでしたから、ほんとにびっくりしました。

で、その方から預かっている鋭い短刀を手にして、おそるおそる戸を半開きにすると、そこに若い男がひとり、呆然と立っています。

こちらは女ひとりですから警戒を解くわけにはいきません。

男は丁寧に、すみません、突然、と視線を避けることもなく切り出しました。そのようすから、少なくとも邪悪なこころは感じ取れませんでしたが、狩の装いをしているわけでもなく、なんでこんな山奥へ、という疑念は晴れませんでした。

ところが、男は悪びれることなく、都から山へ遊びに入って、勝手気ままに足を延ばしていたら、道に迷ってしまいました、ほかに行く当てもなし、一夜の宿をお借りできませんでしょうか、と。

なんとまあ図々しいと思いながらも、久しぶりに聞く、ひとの声です。さわやかに聞こえ、こちらも思わず話し出していました。

ここはひとの来るところではありません。この家の主も間もなく帰ってきますが、あなたを見て、こんなところまで訪ねてくるとは、わたしとワケアリの仲なのでは、と疑いもしましょう。

ここまで言えばあきらめるかと思ったのですが、あきらめるどころか、さらに、この一夜だけとかなんとか言いつのってきます。変に揉めるのもいやなので、こんな提案をしました。

では、こうしましょう。あなたは私の兄、長いこと会えずにいたものを、山で道に迷って偶然ここを訪れて、思いがけず兄妹が再会した、ということにしましょう。よろしいですね、と。

●

それでもなお、念のため、都へ戻っても、この庵のことやわたしのことなどは、絶対に口外しないで下さいね、絶対に！　ですよ、とあらかじめきつく口止めをしておきました。

ゆめゆめ、かかるところにさる者なむありつると、な、のたまいそ――絶対に、しゃべるな！　と強い意思を伝えておきました。

もちろん男の返事は「承知しました、都へ戻ってからも、どうしてひとに話したりしましょう」というものでした。

この返事で少し気がラクになり、奥の一室にむしろを敷き、そこに男を座らせました。そして、男に緊迫感をもたらしておこうと、この庵にすんでいるわけを、ざっと話しました。

——もともとわたしは都で生まれ育った者。ヒメとも呼ばれていた身ですが、あるとき、この世ならぬ者と契りを結び、人里遠く離れたこの庵にすむこととなりました。この世ならぬ者とはいえ、わたしにはとてもやさしく、なに不自由なく日々を送っております。

万が一、わたしがここでこうしていると都の人に知られたら、わたしは妖しい女として追われる身となり、生きていけなくなるかも知れません……

すると男は「この世ならぬ者」とはどういう者か、もしかしたら鬼ではないかと疑い、にわかにおとなしくなりました。

●

そのときでした。遠くからいかにも恐ろし気な唸り声が近づいてきました。

男はおびえて部屋の隅へいざっていきました。と同時に、戸をあけて入ってきたのは、大きな白いイヌでした。わたしを大切にしてくださっていた、おいぬ様です。

そこに見たこともない男がいるものですから、いぶかしげな唸り声をあげます。ひとの魂をふるえさせるのに十分な、迫力のある唸り声です。

そこでわたしが、先ほど男におしえたのと同じ言い訳をしたところ、おいぬ様は半信半疑といった感じでしたが、そのまま男をちらっと見たきり、悠然と食事に取りかかりました。

あとで思い返すと、おいぬ様は言い訳を、そのまま受け取ったわけではなく、むしろウソと見破ったものの、男のおびえきった態度を見て、あえてコトを構えなかったのだと思います。相手にするまでもないと見切ったのでしょう。

やがてわたしと一緒に横たわりましたが、奥の間でまだおびえている、男の存在もなんのその、いつもよりもっとやさしく、わたしの奥深くへ入ってきて、すべてを忘れさせてくれました。

●

その夜、男はまんじりともせず、寝苦しいときを過ごしたようで、夜が明けると早々に起き出し、わたしもすぐに食事の支度をして、男が箸をつけている間にそっと、念を押しました。

絶対に秘密をまもるように――なほなほ、あなかしこ、ここにかかるところありと人に語り給うな――ここにこういうところがあって、しかもかくかくしかじかの人がいるなどと、絶対に口にしてはダメですよ、と。

そしてわたしの兄さまなのだから、ときどきは来てください、そうしないとむしろ怪しまれて、なにをされるかわかりませんよ。それに、もし困りごとなどがあったら、遠慮なく言ってください。おいぬ様の卓越した力で、きっと、なんとかしてくれることでしょう、とも。

まあ、わたしとしては、少しでも外と繋がる手だてがほしかったところでしたから、とても自然な願いでもありました。

男はというと、わかりました、このことはけっして人には言いません、またあらためてここに訪ねてくるようにします、などと言いながら、そそくさと食事を終えると、まだ横になっているおいぬ様に出口から声をかけ、立ち去って行きました。

●

男が出て行くのを待っていたかのように、おいぬ様から声がかかりました。

あの男のあとをつけ、どうするか様子を見てくるように、とのことでした。あっ、わたしはこのころには、おいぬ様の言葉はすっかり理解できるようになっていました。

さっそく都びとと紛れるような衣装に着替えて、男のあとを追いました。並みの人間のあとをつけたり、自らのすがたをくらますなど、いとも簡単なことでした。

さあここからです。

驚くべきことに、このバカな男は、ほんとうにバカとしかいいようのない、信義もなにも持ち合わせていないような男で、絶対に口外しないと約束した、その舌の根も乾かないうちに、都に戻るや、会う人ごとにペラペラとしゃべりまくっていました。

恐ろしい速さでした。噂はたちまち四方八方に広がり、その、分をわきまえぬけしからんイヌを射《い》殺《ころ》し八つ裂きにして、ヒメとやらを、われわれの手に取り戻そうではないか、という話に膨れ上がってきました。

すぐにバカ者たちが、手に手に凶器を持って集まり、あの男を道案内に立てて山奥に入って行きました。

●

先まわりしたわたしが事情を告げると、おいぬ様はことさら慌てる様子もなく、こうなれば仕方ない、いったん、ここから遠く離れよう。それまではおまえも一緒に連れて行ってあげよう。そして知っている人のだれもいないところで、おまえはひとりになって生き直すのだ。

わたしはべつのナニモノかに変身するが、どんなすがたをしていてもどこにいても、おまえをずっと見守り続ける。こころやすらかにすごすがよい。

わたしはおいぬ様と別れることになるのかと思うと、かなしくてかなしくて……おいぬ様に、兄が偶然訪ねてきたなどとウソを言ったり、バカな男に、だれにもしゃべるなと虚しい約束をさせた、自分の愚かしさが情けなくて、涙があふれてきました。

しかしおいぬ様は、気にするなと言わんばかりに、すぐ次の行動に移りました。

わたしを大きな広い背中に乗せ、バカ者どもが近づいてくる庵を、さっと走り出ると、山奥に向かってぐんぐん速度をあげ、風を切り裂いていきました。

一瞬あっけにとられたバカ者どもは、あわてて弓を射たり、刀を手に追いかけようとしましたが、矢は届くことなく、むなしく宙を走り、刀を持つ男たちはこけつまろびつ、いっこうに、前へ進むこともできず、あっという間に、わたしたちのすがたを見失いました。

この顚末を後で知ったお年寄りたちは、それはただのイヌではない、神様の化身じゃ、このままでは祟《たた》りがあろう。おわびの祈りを未来永劫繰り返さずばなるまい、とバカ者たちに反省をうながしたそうです。

ちなみに秘密を守れなかったばかりか、先頭に立ってわたしたちに襲いかかろうとした、件《くだん》のバカ者は、騒ぎから家に戻ってすぐ、気分がすぐれないと寝込んでしまい、あっという間に亡くなったとのことです。

●

やがてわたしはおいぬ様の言うことを信じて、どこともしれぬところでひとりとなり、おいぬ様への思いを、さらに深めて過ごす毎日を送っています。

もちろん、おいぬ様のいまのおすがたも知りません。

ご無事でいらっしゃるのを信じています。

そして、ふたたび会える日がくることを、こころから祈っています。

第18話 羅生門の惨

ちょいとお上にたてついたばかりにすべての職をなくし、追い剝ぎでもやらなけりゃあ、食っていけないってところまで追い詰められたときのことです。

追い剝ぎっていったって、そう簡単なことではありません。ひとを脅して、着ているものをその場で剝ぎ取るってえ乱暴な仕事ですし、だいいち、売りさばくにはそれなりの織物でなけりゃあなりません。

もちろんわたしのいた片田舎じゃあ、そんないいものを着ている人は、都から来たお役人やその家族など、ほんのわずかしかいないし、そういう方々にはしっかりとした警護が付いていて、わたしごときが奪おうったって、逆にこてんぱんにやられるのがオチです。

というわけで、都に繰り出しました。にぎやかでいろんな人がいる都に行きゃあ、なんとかなるだろうって、それだけの理由です。もちろん当てなんかありゃしません。これしか方法がない、それだけです。

●

まずは都大路の出入り口にある、大きな羅生門の下に行きました。そこで日が暮れるのを待とうとしたのです。

しかしさすがに都で、たくさんの人が行き交っています。このままでは、何をしているのか、しかるべき方に、見とがめられるかも知れないと、とりあえず太い柱の陰に、身を隠すことにしました。

しばらくはそこで、じっとしていたのですが、そろそろ日が傾きかけたころになって、大勢の人が大きな声を出しながら、こちらへ近寄ってくる気配がしてきました。

この都で、堂々と大声で言葉を交わすような、たぶんそれなりの地位にいて、傍若無人に振る舞って平然としているような手合いと、顔を合わせたって、ろくなことはあるまいと、なんとか避けたかったのですが、いくら太いとはいえ、柱の影では、わが身を隠しきれません。

まわりを見ても、身を隠せるようなところは、まったくありません。

たった一か所、羅生門の二階を除いては。

●

あわてて、二階に上がる階段を探しましたが、なんと、これが見つかりません。そんなはずはあるまいと、焦りました。

にぎやかな声はすぐそこまで、近づいてきています。

階段、階段、と焦りましたが、いや待てよ、階段がないとすれば、身を隠すのには絶好の場所ではないか、と考え直しました。

よし、なんとかよじ登ろうと、あちこち探りますと、太い柱にちょっとした穴が開いていたり、なにか出っ張りがあったりして、どうにかよじ登っていくことができました。まあ身軽なわたしだから、そんなことができたのかもしれません。

●

かくして二階にアタマを差し出して、中のようすを探ろうとしました。すでにほとんど闇に沈んでいましたが、かすかな灯りが細々と点《とも》されているのが見えました。ぞっとしたものの、目をこらしてようく見ると、そこにはまだ若そうな女の人の死体がひっそりと横たわっていました。若そうだと見たのは、長い黒髪と、着ている衣装を見てそう思ったのです。

さらによく見ると、その頭のほうに、髪がみごとなほどに真っ白な老婆がしゃがみ込んでいて、横たわっている若い死びとの、長い髪を梳《す》いています。

しかしどうも、ただ梳いているのではなさそうなので、さらに目をこらして見ると、なにやら怪しげなことをしています。

なんと若い死びとの長い髪を、ぐいぐい引っ張って抜いているのです。

ぞーっとしました。

こりゃあ鬼だ！　鬼にちがいない！　と。

羅生門の二階には鬼がいるってえウワサも聞いたことがあります。

なんでも、知る人ぞ知る、名器といわれる琵琶《びわ》をみごとに弾きこなし、宮中の名人を唸らせたことさえあるという、超絶技巧の持ち主だそうです。もちろんそのような鬼が、死びとの髪を抜くなんてことを、するだろうかという疑問が湧き起こり、あらためてようく見ると、鬼ではなく、やはり老婆でした。

●

いずれにしても、死びとに対する、無礼な所業です。

ここは勇気を出してやめさせなくては、と、ドスを抜いて「おのれーっ」と声を出しながら走り寄りました。こんなことは初めてなので、たとえ相手が老婆といえども、内心びくびくものので、その臆病風を吹き飛ばすためにも、強気になって叫びました。

「こりゃー」

するとと老婆は振り返って、わたしのすがたを見てとるや、両の手をすり合わせながら
「あれまあ、堪忍して下さい。お許し下さい」と必死です。

「ばばぁ、ここで何をしているのじゃ」

「お許し下さい」

「何をしているんだと聞いている」

「ここにいるのは、ばばぁが仕えていた方で、亡くなったばかりです」

「それで？」

「ところが、葬るためのお世話をしてくださる方さえいないものですから、なんとかここに運びこんだのです」

どうやってこの二階まで運び上げたのか、聞くことはできませんでした。そんなことをしてのけるなんて、やっぱり鬼ではないのか、とおそろしく思えたからです。

「まさか、道に棄てておくわけにもまいりませんから」

●

たしかに、都に入ってから、からだが腐り果ててゆくにまかせ、道ばたに放り出されている死びとも、少なからず見てきましたし、ひどいのは、イヌに喰われてぼろぼろにされた死びともいました。

これは聞いたばかりの話ですが、強盗団に、人質として拐《さら》われた女が、けっきょくは足手まといになるからと、凍てつく暁方の町に放り出され、息も絶え絶えに助けを求めたのですが、関わり合いになることを恐れた町のひとたちからも見放され、とうとう凍え死にしてしまったということです。

しかもその直後から、何頭もの飢えた野良イヌに喰い荒らされ……ほんとうに哀れな話ですよね。

まあそれに比べれば、老婆が、だれの助けを得たか知りませんが、この屋根裏に運び上げたのは、それだけ死びとを悼む気持ちがあってのことと思えました。

●

老婆は続けました。

「ただ、御髪《おぐし》があまりにも長いので、これを抜いてカツラにしてさしあげようと」

これを聞いて、すっかり拍子抜けしました。要するに長い髪を鬘屋《かつらや》に売りつけて、なにがしかの銭を得ようとしていたのではないか、と思えたからです。

そういう魂胆ならと、わたしも追い剝ぎをしようとして都に繰り出した身ですから、勝手にそんなことをさせてなるものかと、老婆が抜いた髪の毛を、強引にちょうだいしました。

これで落ち着きを取り戻したわたしは、老婆の着ている衣を、遠慮もなにもあらばこそ、素早く剝ぎ取りました。一瞬、恥じらうような眼でわたしをにらんだかと思うと、だんだん怒りと恨みを、たっぷり含んだ目つきになってきました。

わたしはすぐにでも、その場から立ち去ろうと思ったのですが、そうはいきませんでした。目の前に横たわっている若い女のからだを覆っている、浅葱《あさぎ》色の薄衣がどうしても欲しくなってきたのです。

老婆はそんなわたしの心の動きを素早く読み取ったのでしょう、「だめです！」と、これまでになく強い口調で叫びました。

●

この叫びでわたしの衝動は抑えがきかなくなり、薄衣に手をかけると、あっさり引き剝がしました。剝がすもなにも、からだに掛けてあっただけなのです。たちまち、若い女の裸身がさらけ出されました。

それは蠟のように白く美しいものでしたが、情欲をそそるような、柔らかい肌やあたたかい血の流れを感じさせるものではなく、恐ろしいほどの隔たりをもってわたしを拒絶しているかのようでした。

　ぞっとしたわたしがそこを離れようと立ち上がると、閉ざされていた若い女の眼がかっと開き、わたしに襲い掛かろうとしているように見えました。

　驚くまいことか――わたしは悲鳴を上げながら、おもわず、その浅葱色の布をふたたび若い女のからだに掛け直しました。

　しかし、老婆から奪い取った髪の毛や衣は、しっかり手にしたまま、その場を立ち去りました。

　そのとき、老婆の、この世のものとは思えない鋭い悲鳴が、わたしの背中に突き刺さってきました。

　もしや、若い死びとが、自分の長い髪を抜き取ろうとした老婆に、襲い掛かったのでは、とも思いましたが、恐ろしくて、振り返ることはできませんでした。

　そしてわたしは、なんとかよじ登ってきた柱に沿って、ほとんど転げ落ちるようにして、その場から逃げ去りました。

実はわたしの脳裏には、いまだにありありと浮かぶ、不気味な光景があります。いつ見たのかと問われても、定かには答えられませんが、この羅生門の二階には、その若い女だけではなく、衣を剝がされた死びとが、何体も放置されていました。

ここならイヌに喰われる心配もないし、まあ自然に消えてなくなるというわけですが、なんともわびしい、むなしい光景ではありました。

このような無惨な都に長居は無用と、そのときは思ったのですが、しかし、追い剝ぎという稼業も、そう簡単にはやめられないうまみがありました。高価な衣も、実をいうと、あるところにはあり余るほどあるもんですから、それほど罪の意識も味わわずにすみます。

もう少し稼いでから、都におさらばしようと思ってはいるのですが……

第19話

女の復讐劇に手を貸した男

権勢をふるっていた男に無残な扱いを受けたうえで棄てられた女《ひと》が、生き霊《りょう》となってその男に取り憑き、ついにこれを亡き者にしたという話が、実にもうさまざまな尾ひれ羽ひれをつけて世間に広がっています。

ご存じかもしれませんね……

じつはその女にいま、わたしは魂を奪われ、深間にはまっていくばかり。このまま命を絶たれるのもまたよしと、それなりに覚悟はしているものの、どなたかにコトの次第を伝えておきたいと、こうして参ったのでございます。

●

わたしは都のはずれのほうに住む下賤の者ですが、そのときは美濃尾張のほうへ出かける用事ができて、遠いもんで、朝早く出かけるつもりでしたが、なんだか夢見がよくなくって、夜更けには目が覚めてしまいました。

思案のしどころだったのですが、ええいままよと家を出て、都を抜けて行こうとしました。まあよくあることなんで、暗くても道を間違えるなんてことはありませんでしたが、そのときは奇妙なことに道を間違えたらしく、あれっ、こんなところあったっけ、と思うような辻にさしかかりました。

月のない晩ですし、気分もしっくりこなかったんで、急いで通り抜けようとしたそのとき、何者かの気配を感じました。夜目にもぼーっと、あおーく霞んで見える衣をまとった女がひとり、褄《つま》を取って立っていました。これは陰に男ありと踏んで、脇目もふらず通り過ぎようとしました。

しかしちらっと、女のほうに目をやったのがいけませんでした。女のたたずまいが、きりっとしていて、なんともいえずうつくしい。とそう思ったとたん、足がいうことをきかなくなって、女のほうに吸い寄せられてしまいました。

●

女は、これまで見たことも聞いたこともない、この世のものとは思えない妖しさを漂わせていて、こちらは、どうすることもできませんでした。すると女のほうから声をかけてきました。

「どちらへ?」

消えいるような声でしたが、そのまままたましいが吸い取られそうな。

わたしは素直に答えました。

「美濃尾張のほうへ」

「まあ遠くまで。では、お急ぎなのですね」

どう答えればいいのか、呆然自失状態でしたから、答えようがありませんでした。女も答えを求めていたのではなかったようで、さらに言いつのりました。

「このへんに、民部大夫《みんぶのたいふ》のお邸があるはずなのですが」と。

「民部大夫といえば、この辺で知らぬ人はない高貴なお方ですよ」

「その方のお邸に行きたいのです」

民部大夫は、下々の者にとっては、逆らうことはもちろん、近寄ることさえできない高級官僚ですから、こんな時間に、場所もよくわからないひとが訪ねて行こうなんて、無謀極まりないことであり、ちょっと冷静に考えれば腑《ふ》に落ちない話なのですが、すでにその時は、いわば女の術中にはまっていたんでしょうね。

「ご案内していただきたいのですが」

「えっ、そ、それは」

「だめですか?」

「いや、その、だいいち、わたしの行こうとするところとは、まったくの方角違いでして……」

「だめですか?」

「ですから、その……」

「とても大切な用件があるのです」

「しかしこんな朝早くから……」

「そんな心配はご無用です」

「とはいっても……」

「行かなければならないのです」

「はい……」

「どう行けばいいのか、わからないのです」

「どうと言われても……」

「知らない道なのです」

「……」

「暗い道なのです」

「……」

●

もう抗うことなどできませんでした。

「わかりました。ご案内しましょう」

すると女は「いとうれし」——うれしい！　たすかりますわ、などと言いながら、さりげなく身を寄せてきました。

　不思議な香りがしましたが、どこをどう触れたというのでもなく、なんかこう、女がわたしのからだにすっと入ってきたようで、あとのことは、おぼろおぼろ……どこをどう歩いたのか。いつの間にか民部大夫の邸の前に立っていました。

「ここです」

「そうですか。わざわざ遠回りまでしてご案内いただき、ありがとうございました」

「いや、まあ」

　奇妙に聞こえるかもしれませんが、このまま別れるのかと思うと、にわかにさびしくなってきました。

「こう申しては失礼になるかもしれませんが、わたしは近江一帯を仕切る役人の娘です。美濃尾張に向かう途中の、逢魔《おうま》が里《さと》に住んでいます。折あらば、お立ち寄りください。きっと、ですよ」

●

　そういうと女は門のほうに近寄るや、すーっと吸い込まれていきました。門はたしかに閉まっていたにもかかわらず、中に入っていったのです。

ぞーっとしました。ありえないことが目の前で起こったのですから。

しかしあたりは、なにごともなかったかのように、ひっそりとしていました。

ところが女のすがたが消えて間もなく、邸の中から、だれだ、と鋭く誰何《すいか》する男の声が聞こえました。もちろん、だれだ、と尋ねられたのは、あの女にちがいないとは思いました。

その声をきっかけとして、一気に広がった緊張感は、邸の外にまで漂ってきましたが、さて実際に何が起こっているのか、わたしには、わかるはずもありません。

でもしばらくして、女たちのあげる悲鳴が重なり、何かをあわてて指図する男たちの声や、それに受け答えする声などが交錯して、尋常ならざる事態が起こっていることは、確かなことと思えました。

わたしは足がすくんで、身動きもならず、ただ呆然と立っていたんですが、もう夜明けが近い薄明かりのなか、門の中から薄い浅葱色の影が、ふわーっと現れ、そのまま、まだうっすらと残る闇の中に、溶けるように消えていきました。

あれは、道案内をしてあげた、あの女にちがいない、と思うと、にわかに恐ろしくなり、ここから逃げ出さなきゃ、と、必死に走って家に戻りました。

●

で、夜がすっかり明けてから、件《くだん》の邸に行ってみました。もちろん中に入るわけにいきませんから、近くに住む友人を訪ねて、何か知らないか聞いてみました。

その友人は知っていました。というか、すでに近隣の人たちの評判になっていました。

「あの大夫はゆうべ亡くなったそうだ。なんでも、自分が冷たく棄てた女の、生き霊に取り憑かれて、体調を崩していたところに、ゆうべその女が侵入してきて、とうとう殺されてしまったということだ。まあ自業自得なんだろうけど、恐ろしいことだ」

ああ、そうだったのか。あれは生き霊だったんだ、と自分なりに納得できましたが、それだけで済むことではありませんでした。

わたし自身がすでに、女の、不思議な妖しい魅力の虜《とりこ》になっていたのです。

●

もう一度会いたい、そう思うと、矢も盾もたまらず、その足で、女におしえられた逢魔が里に向かいました。

女の家はすぐにわかりました。周囲には人の住む気配がなかったからです。近づくと当然のことのように女がすがたを現し、わたしを家に招き入れました。

「きのうは、ほんとうにありがとうございました。おかげさまで、あの薄情男を亡き者にすることができました。あの男は自分の地位を利用して、わたしを力ずくで奪っておきながら、ぼろぼろになったわたしをあっさり見棄てたのです。

わたしは恨みました。からだの芯が砕けるほどに恨み、とうとうわたしは鬼になりました。すると病んでいた魂は解き放たれ、復讐の刃をじわじわとあの男の命に刺していくことができたのです。

とどめはわたし自身が、生き霊となって出向かなければならず、あなたのやさしいところが、そんなわたしを支えてくれました」

そうなのです。女は自分が生き霊となってわが身から離れて行ったのも、そして男をとり殺したことも、すべて知っていたのです。そんなことってあるのでしょうか。自分が知らない間に魂がわが身を離れ、他人《ひと》にとりついたりするのが生き霊というものではなかったでしょうか。

わたしはそんな女を恐ろしいとも思いましたが、いつの間にか燃えさかっていた女の眼に射すくめられ、何も言えず、あらがうこともできず、吸い寄せられ、情のほとばしるままに肌を重ねてしまいました。

ふかく溶け合い、わたしのすべてが吸い取られてゆく、不思議な感覚の中で気が遠くなり、魂がすーっと抜けていくのを感じました。

女のもとを辞去してからも、そのときの感覚がずっとつづいています。抜けていったわたしの魂も生き霊となり、女の生き霊といつ果てるともなく交わり、そのよろこびの中で、わたしのからだは消えていくのでしょう。

それで本望です。わたしはそうなることを望んでいます。

もう戻ることはできません……

第20話 子殺しの「英雄」

わたしは、当代きっての武門に生まれた娘です。父は、朝敵とされた関東の猛将・平将門《たいらのまさかど》を討ち取って武名を高めた平貞盛《さだもり》様の、一の家来で、貞盛様からは、揺るぐことのない信頼を得ていました。

そのため、ほかのだれにも話せないような、とんでもない話も、父はずいぶんと聞かされてきたようで、なんとか自分のハラにしまい込み、忘れるようにしていたようなのですが、ときどきは酒に酔って、どこか遠いクニのものがたりであるかのように、話を聞かせてくれました。わたしが娘だったから、話はあくまでも「話」として、わたしひとりの中で留まると思い込んでいたようです。

ですが、わたしにしてみれば、かんたんには聞き流せないような、とんでもない話も少なからずありました。もちろん外聞をはばかっただけでなく、父に累《るい》が及ぶこともあろうと、胸のうちにとどめてきましたが、だんだん息苦しくなってきて、どんな話でもまともに聞いてくださる方という噂を耳にして、とにもかくにも、お話ししてしまおうと、こうしてやって参りました。

●

貞盛様が将門討伐の功を立てて、丹波の国の守《かみ》に任じられて間もない頃の話です。太腿にあった腫物がにわかに痛みを伴うようになり、強気でなる貞盛様も、ひそかに都から医師を呼び寄せました。実は将門軍との戦のおりに矢傷を負ったものの、それを恥ずべきこととして、公にはしてこなかったのです。隠し通してきたのです。

ところが呼ばれた医師は名医の名をほしいままにするような方で、腫物をひと目見て険しい表情を浮かべましたが、あっちに触りこっちに触れてから、厳かに告げたそうです——これは矢傷がこじれてできた腫物です。すぐにでも取り除かなければ、お命にもかかわります。

貞盛様はそう聞いてもあわてず騒がず、鋭く聞き返しました。

——どうすれば治るのか？

●

気圧された医師は、迷うことなく、特効薬として児肝《じかん》なるものを勧めました。胎児、それも男の子の肝臓で、早ければ早いほど効くし、遅くなれば治るものも治らず、命にもかかわるとのことでした。

そう簡単に入手できるとは思えませんが、医師を帰してからすぐに、ご子息の維衡《これひら》様を呼び、腫物が矢傷によるものであること、そんなことが世間に知られたら、将門討伐の名誉に傷がつくので、内々にコトを運びたいこと、これを治すには児肝がよいことなどを告白しました。

維衡様は、児肝なるものを探し出し、これを手に入れるよう、父が求めているのだと、ピンときました。ほかの部下には、自分の弱みを見せることになるので、命じることさえできません。

しかし、いったいどうやって、と思案投げ首の態でいたところ、父がズバリと切り出してきました。

おまえのヨメは折しも懐妊中ではないか。どうだ、腹の中の子をわたしにもらえまいか、と。

これを耳にした瞬間、維衡様は目もくらむほどの衝撃を受けたそうです。

——なんということをおっしゃるのだろう。仮にも自分の孫になる児ではないか、それを妻もろとも殺せと言っていることに、気づかないのだろうか。

そうは思いながらも、絶対的な存在である父親には、どうにも逆らえない維衡様。けっきょく父親の要望に応えるべく、どうぞ、と淡々と答えると、父親のほうは、よく言った、それでこそ貞盛の子だ！　貞盛の名誉を、つまりは家名を何よりも大切にする、その心掛けはさすがじゃ！　などと褒めたうえで、それではさっそくお前は弔いの用意などしなさい、とやさしげに言ったそうです。

弔いの用意を、と！

●

父親のもとを辞去した維衡様は、その診断を下し、残酷きわまりない処方をした医師のもとに駆けつけ、医師の顔を見るや泣き崩れて訴えました。

そなたがあのような処方をしたばかりに、こんな理不尽な目にあわなければならないのだ、と嘆いたそうです。

医師もそれを聞いて驚き、同情し、なんとか策を講じましょうと、約束しました。

コトは急ぎます。医師はすぐに貞盛様の邸に出向き、薬はどうでしたか、ご手配がつきましたか、などととぼけて聞きました。

これに応えて貞盛様はしゃあしゃあと、なかなか難しかったが、息子のヨメが妊娠しているので、その胎児をなんとか譲り受けることにした、などと。

医師はびっくりしたようすで直ちに答えました。

「それはダメです」

「ダメ？　なぜじゃ」

「血がつながった胎児では、薬になりませぬ」ときっぱり。

さあ、これであせった貞盛様は、邸の下女のひとりが孕んでいることを聞き知って、強引にその腹を裂かせ、胎児を取り出してみると、これが女の子だったので、冷たく遺棄してしまいました。

このような残虐無比な行いは、男児の肝臓を得るまで続けられ、とうとうこれを得て、治療には成功しました。

わたしの父は、もうこのあたりで、我慢するのも限界にきていたようですが、それでもなお、この方の非情さ、残酷さを、のちの世に伝えようとでも思ったのでしょうか、そのまま耐えて、側にお仕えしていました。

●

さて、治療に成功した医師のほうですが、貞盛様から馬や衣装、コメなどの褒美をたんともらって、お役御免となりました。

と、このままで終わらせる貞盛様ではありませんでした。なにしろこの医師には、決定的な秘密を握られてしまったのですから。

さっそく息子の維衡様を呼びつけて、いままさに自分は宮中からも高い評価を得て、まつろわぬ蝦夷《えみし》を治めよと、陸奥《むつ》の国の守に任じられようとしている。実に名誉なことなのだが、このようなときに、朝敵から重い矢傷を受けたなどということを知られるのは、いかにもまずい。致命的な話になりかねない。秘密を知る医師が、都へ戻る前に射《い》殺《ころ》すように、と命じました。

維衡様は、平静を装って、それならたやすいこと、都へ向かう山道で、盗賊を装って医師を襲い、過たず射殺しましょう、と請け合って見せました。

父親のもとを辞した維衡様は、妻と子どもの命を救ってくれた、大恩ある医師のもとへ急ぎ、かくかくしかじかと、貞盛様の企みを告げました。なんということと、呆れ果て、いかにしてその魔の手から逃れるか、考え込んだ医師に、維衡様は、いい手を考えつきました。

都まで医師を送って行くはずの貞盛様の部下を、巧みにいいくるめて途中から馬に乗せ、医師のほうは歩いて山を越えるということにしました。貞盛様の部下と医師を入れ替えたところで、にせの強盗に、本来なら医師が乗っているはずの馬を襲わせようという策です。

さていよいよ都に戻る医師と、それを見届ける貞盛様の部下が、山越えに差し掛かりますと、馬上の医師のからだが前後左右に大きく揺れはじめました。見届け役の部下が心配して、医師にどうしたのか聞いてみると、眠くて仕方ない。うっかりすると落馬しそうだ、しばらく歩いたほうがよさそうだ。いっそ代わってくれないか、といいます。

逆に部下のほうは、ちょっとくたびれてきたので、これ幸いとこの提案に乗り、かくして二人の位置が入れ替わることと相成りました。

そのときを待っていたかのように、ほとんど間をおくことなく、盗賊団がばらばらと、山道の左右から湧き出して、迫ってきます。慌てた二人は逃げようとしましたが、前を塞がれ、退路も断たれ、文字通り右往左往。

とうぜん馬上の人間が主と見られ、盗賊団を率いていた男、じつは維衡様に、あっという間に射殺されてしまいました。

そのことを確かめると、めぼしいモノを奪い取った盗賊団は、長居は無用とばかり、さっと山奥の方へ引き上げていきました。

馬から降りて、いかにも弱々しく振る舞った医師のほうは、ケガひとつ負わず、無事に都へ戻りました。

●

さて、維衡様は、急いで邸に戻り、父親の貞盛様に報告します。

山深くで、馬上の医師を射殺しました、と。

これでひと安心と、貞盛様はこの件について二度と触れることもなく、児肝を求めた非道のこともあっさり忘れ去って、平然としているように思えました。

しかし、貞盛様の耳に、おかしな噂がちらほら舞い込んでくるようになりました。

都にスゴ腕の医師がいて、どんな難病でも治してしまう、という噂です。

しかも生きた肝《きも》を使う、極秘の治療法を用いるのだと。その秘術のために、貧しい家の子どもたちがさらわれて、生き肝を、命とともに取られるという噂まで流れ込んできました。

この噂を耳にした貞盛様は、あの医師のことではないかと、すぐに思いましたが、さすがというべきか、なんというべきか、その噂の真偽を確かめるようなことはせず、ただ息子の維衡様に、どういうことなのかな、とかるく尋ねただけでした。

維衡様のほうも、剛の者というべきなのでしょう。さあて、ととぼけて、わたしは確かにあの医師を射殺しました。なにも恐れることはございますまい、と。

●

これはまあ、鬼と邪との会話のようだったと、父が申しておりましたが、ほんとに恐ろしいお方たちです。

ひとの命をなんだと思っているのでしょう。

これを鬼のようだなどと言うのは、なんだか納得いきません。

貞盛様のような所業には、鬼も驚き呆れるのではないでしょうか……

第21話 拐われた名家の美女

天皇側近のひとりとして、大納言という高い地位にあるお方が、ひそかに抱いていた野望を一気にしぼませる事件が起こりました。

ご自分が大切に慈しんできたまな娘が、忽然とすがたを消し、そのまま行方知らずになってしまったのです。

そのヒメは、だれよりも可愛らしく、美しく、成長するにつれて、自ずと艶《あで》やかさも滲み出てきて、大納言は、このヒメを近い将来、天皇に添わせたいとまで考えていたとのことです。

もちろん大納言にとって、この美しいヒメを守ることは、わが身の栄達への道を守ることでもあったのですから、普段から半端な警戒ではありませんでした。

だれよりも気ばたらきのきく、賢い侍女を付けただけでなく、選りすぐった専属の武官を三人も警護役に任じたことからも、その力の入れ具合がうかがえます。二十四時間、一分の隙もなく見守らせたのです。

それでもヒメは失踪してしまいました。

わたしはその捜索に加わっていたのですが、そこには、かなしいというべきか、こころ動かされるものがたりが秘められていました。

●

さて、ヒメお付きの警護役のひとりが、たまたまわたしの知り合いだったのですが、ある黄昏どきのこと、ヒメが庭に面した廊下に佇み、ふっと空を仰いだその瞬間、警護の男はヒメの、かなしさを湛《たた》えた眼を見てしまいました。

ふだんは廊下に出てもその顔は扇で隠されていることが多く、そもそも、まともに顔を見ることなど許されていませんでしたから、警護の男にとっては初めてのことだったのです。

しかもヒメの眼差しには、尋常ならざるものがありました。うるんだ瞳からは、生きていることのかなしさがあふれ出ているようで、見る者のこころを深く抉《えぐ》らないではいられませんでした。

その眼差しに、警護の男は完膚なきまでに打ちのめされ、それがこれまで味わったことのない痛みとともに、途方もない快感を生み出していくのを知って、もはや目を逸らすどころか、さらに強く吸い寄せられ、呆然とするしかなかったようです。

このときは、すぐにヒメが部屋に戻ったため、それだけで済みましたが、警護の男は全身をヒメの眼差しに絡めとられてしまい、その魔術的な力から逃れようもありませんでした。

●

さあそれからは、警護の仕事はなんとかこなしたものの、こころここにあらず。ただひたすらそのときのヒメのすがた、ヒメの眼差しに恋焦がれていました。

もう一度、あのヒメに会いたい、あの眼差しを見たい――

その思いは強くなるばかりで、食べるものも食べず、生きる力がはらはらと崩れていき、ほとんど病人のようになり、死の淵に吸い寄せられていくかのようでした。

そしてとうとう男は死を覚悟するようになりましたが、まさにその覚悟が、男の生きる力を蘇らせました。どうせ死ぬなら――そう思うと、あとは怖いものなし、たった一度のことであっても、ヒメに真っ向から向き合いその眼差しに刺されてみたい、とまあ、とんでもない決意をしました。

身分でいえば、まさに天と地ほど隔てられたふたりですから、とうてい現実にはあり得ないことです。

しかし、死と背中合わせ状態の男にとっては、あり得ないかどうかなど、どうでもいいことでした。このまま死ぬか、一度でもかなしみを湛えた眼差しに刺され、はげしく命を燃やしてから死ぬか、その二者択一でした。

そのためにはどうしたらいいか。答えはひとつです。

邸の中でヒメと直接向き合うという選択肢はあり得ませんでした。他の警護役がどれほど強固な意志と腕力を持っているか、知りすぎるほど知っていたからです。

そんなバカなことを試みるより、自分が当直の日に、ヒメを奪って逃げる——これしかありません。

●

それで自分が当直のとき、侍女に、どうしてもヒメのお耳に直接入れなければならない、緊急の大事があり、お取り次ぎを願いたい、といいました。もちろん侍女は、その用向きを尋ねますが、もとより返答できるわけはありません。とにかく、直接お耳に入れないと、とんでもないことが起きるのだ、もし侍女を通して伝言すれば、どこでどんな間違いが起きるかも知れない。そうなれば、侍女の命にも関わる責任問題になるだろうと、強談判《こわだんぱん》。

侍女は仕方なく、ヒメにこれこれしかじかと事情を話すと、あの者なら、そのようなことはあり得なくもない、直接話を聞いてみよう、とヒメは言います。

夕暮れ時になっていたのですが、ヒメは侍女に部屋で控えているように命じたうえで、廊下に出てきました。そして御簾《みす》の陰から、直接話したいとはただごとではありますまい、いったいなにごとですか、とヒメ。

　庭で膝をついて待っていた男は、静かに立ち上がり、音も立てず廊下に近づき、素早く御簾の向こう側に立っていたヒメの近くに寄ると、あまりのことに声も出せないでいるヒメに黒い布をすっぽりかぶせて、抱きかかえ、庭に飛び降り、一気に庭を走り抜けて厩に向かい、いつも自分が乗る馬を曳き出し、ヒメを抱きかかえたままこれにまたがり、手綱を引き絞り、邸から少しでも遠ざかろうと、ひたすら走りました。

●

　しばらくして、侍女がおそるおそる廊下をのぞいてみると、そこにいるはずのヒメのすがたがありません。庭の方に目をやっても、ヒメのすがたはまったく見えません。忽然と消えてしまったのです。

　やっとコトの重大さに気づいた侍女が、邸の要人たちに知らせましたが、周辺にヒメのすがたはありません。コトを大仰にしたくなかった面々は、それぞれの役割を果たしながらさがしましたが、見つかりません。

　警護する当人が警護されるべき当人を拐《さら》ったのです。そのようなことは、考えうべくもないことで、たぶん貴族のだれやらが、たぶらかしたのだろう、あるいはヒメも承知の狂言芝居ではないかと、おおよそそんな推測が、まかり通りました。

コトの次第を知っていた侍女も、まさか警護の男が自らの意思でそのような大それたことをしでかすとは、とうてい考えられず、かどわかそうとした貴族のだれやらが、あの警護の男を使って仕組んだのだろうと、思い込んでしまいました。

まあ正体の知れぬ鬼に拐われるよりは、名こそわからないが、しかるべき貴族にさらわれたのなら、諦めもつくと、そんな結論になったようです。わたしどもには、なんとも納得のいかない結論ですが、上つ方の考えることはしょせん理解不能です。

●

さて警護の男は、ヒメを抱えて、とにかく都から遠ざかろうと、闇に乗じて、ひたすら馬を急がせ、山に入りました。以前越えたことのある山で、途中に洞穴があることを思い出し、まずはそこでひと休みすることにしました。

馬からヒメを降ろして、洞穴の奥へ案内したものの、何をどう話したらいいのかわかりません。

ヒメもまた無言でした。ヒメにとっては、何が起こったのか皆目見当もつかず、ただ命を奪われるような、凶悪な気配がないことは、すぐにわかりました。

それに、馬上でずっと抱えられている間に、こんなことはついぞなかったことでもあり、男のたくましい腕から、凶暴どころか、外界のすべてから自分を守ろうとする、限りないやさしさが伝わってきて、そのやさしさに身を委ねることから得られる、心地よささえ感じていました。もちろんはじめて知る感覚でした。

●

なぜこのようなことを？——

洞穴の中で男と向かい合ったヒメは尋ねました。

男は、すぐには答えられませんでした。恐る恐るといった態でヒメを垣間見ては、すぐにうつむいてしまいます。なぜと問われても、答えようがなかったのでした。

しばらく沈黙が続きましたが、ヒメがふたたび尋ねました。

これからどうするのですか？——

さすがになにか答えてあげなければ、ヒメが不安にかられて何をしでかすかわからない、と判断した男はぼそりと答えました。

夜が明けるまで、ここで――

男には覚悟ができていました。夜明けまでに追手がここまでくれば、それはそれでよし、抵抗することなくヒメを渡すことにしよう。しかし夜明けになってもこのまま無事だったら、ヒメとさらに遠くへ逃げよう。そうやすやすと捕まってなるものか。

男はそのようにハラを決めると、落ち着きを取り戻しました。

と同時に、ヒメをまっすぐ見ることができるようになりました。

ヒメも、それこそが男を狂わせたとも知らず、そのうつくしい眼差しを男に投げかけました。男は射すくめられるような思いにとらわれました。

やがて男は草の褥《しとね》をつくり、ヒメを横たえようとしました。ヒメは疲れが出たのか、素直に横になりました。男は洞穴の壁によりかかり、すこしでもからだを休めようとしました。

●

やがて洞穴の外が白み始め、洞穴の中も徐々に明るくなってきました。

起き出したヒメに、携えてきたわずかばかりの乾飯《ほしいい》と水を渡しましたが、ヒメは乾飯のほうには手をつけず、水だけ含むと、少し力を取り戻したようで、しっかり立ち上がりました。

行きましょう、と男。

いずこへ？　とヒメ。

答えようがない男は、先に外へ出て、近くの樹に繋ぎ止めていた馬を引いてきて、馬にまたがり、ヒメに手を差し出しました。

ヒメは躊躇《ためら》うことなくその手に自分の手をのせ、男が力を入れて引くのに合わせて、ひょいと馬に乗りました。男が手綱を持つと、男に横向きに抱えられる位置になりますが、ヒメは臆することもなく、むしろ堂々としていました。

男にとっては、これもまた夢の中の出来事でしたが、少しでも早く都から遠ざかろうと、険しくなってくる山道を、ひるむことなく進んでいきました。

やがて、想像もしていなかったところに出ました。かつてだれかが世を捨てて建てたのであろう庵《いおり》の跡らしきところでした。とりあえずそこに馬をとめ、ヒメを馬に乗せたまま降り立った男は、あたりを探索してみました。

意外と近くに谷川が流れていたばかりか、木の実などもたくさん採れそうなところで、なるほど世捨て人にとっては格好の場所だったのだなと、男は自分の幸運に感謝しました。

その庵の建て直しをさっそく試みて、短時間で、それなりに寝泊まりできる場所を作りました。

●

食糧は、谷川で魚を獲り、木の実と一緒に煮炊きなどして確保しました。

男にとって意外だったのは、ヒメがまったく抗う構えを見せず、むしろ男との生活に、いきいきと取り組んでいるようにさえ思えたことでした。

実はヒメにはこれまで、この男ほど、まっすぐに自分のおもいを向けてきた者は、いなかったのです。なんらかの慮《おもんぱか》りがあってヒメに近づく者ばかりで、そんな日々がたまらなくいやで仕方なかったのです。

ヒメに注がれる男の眼に、はじめて知るやさしさを感じていたのかもしれません。

ヒメにとってはたいへんな変化だったのですが、それ以前のヒメをほとんど知らなかった男にも、敏感に感じ取れることでした。ヒメから、日を追うよりも早く、男との間を隔てる垣根が取れていったのです。

実はそのような変化は、男のほうにも起きていたのです。どんなに微妙な異変でも見逃さない鋭い眼で、ヒメの周辺をしっかり見張っていた日夜からは、考えられないこころの変化でした。

樹々の間から注がれる光や、とうとうと流れる川のせせらぎに、ヒメとともに温かく包み込まれてゆくよろこびも、はじめて知りました。

そのようなふたりがからだを交えるのに、どんなためらいが必要だったでしょう。

やわらかい月の光が、ふたりのうつくしいすがたを照らし、静けさがふたりの喘ぎを、限りなく深いものにしていきました。

●

そうした日夜を経て、さらに互いをいとおしくおもうようになっていき、ヒメは、ヒメであったときのことを忘れ、もうこのままここでこのひとと、と、思い決めたつもりでいました。

そんなある日のこと、ヒメは、いつもは男が食料調達に行く川へ、なにげなく降りて行きました。

そしてふっと、静かな澱みに目を向けたとき、そこに映った自分の顔を見て、驚いてしまいました。頬がこけ、眼もとにハリがなくなったばかりか、皮膚からは艶が消えてしまっていました。

これはだれ？

わたしはどこ？

どうしても納得がいきませんでした。

あのひとに、こんなすがたで接していたなんて！　と、ヒメとしては恥ずかしく感じることでした。庵に戻ってからも、ヒメの気分が晴れることはありませんでした。

深刻に思い悩む日々がつづきました。

そして、とうとう起き上がれなくなり、食べることもできず、心配して気をつかう男から目を逸らしたまま、命がすーっと尽きてしまいました。

最後まで、男をなじるようなことは、ひと言も発しませんでしたが、男にはわかっていました。ヒメのこころが痛いほどにわかっていました。

ヒメの限りなくうつくしい眼差しに、最後に映ったものは何だったのか――

見守る男の眼差しであって欲しかったと、男は思いましたが、もしかしたらヒメがヒメであったときの、可憐なすがただったのかもしれません。

そう思うと男は、あふれる涙を止めることができませんでした。

そして自らも食を断ち、静かにヒメのそばに横たわり、ヒメとのすべてを思い出しながら、そのまま息絶えていきました。

●

いや、わたしは山の中を捜索して、ついに庵を見つけ、そこにふたりのしかばねが、ならんで横たわっているのを見て、そのように思い描いたのです。

だれにも知られなかった、ウソ偽りのない恋の経緯《ゆくたて》を、わたしは見たのです……

この本の執筆にあたって、参考にさせていただいた書物やご協力いただいた方々（敬称略）

・『今昔物語』の原典として
『今昔物語集』本朝世俗部（第一巻〜第四巻）阪倉篤義、本田義憲、川端善明校注　新潮日本古典集成（新潮社）
『今昔物語集』本朝世俗部（上巻、下巻）佐藤謙三校注（角川文庫）

・主要参考文献
馬場あき子『鬼の研究』（角川文庫、一九七六年）
高橋克彦『火怨　北の燿星アテルイ』（講談社、一九九九年）
野口武彦『「今昔物語」いまむかし』（文藝春秋、二〇一四年）

・協力
リーディング公演「鬼ものがたり」演者　第1回＝福原由加里、加藤野奈、四家卯大、佐藤直子　第2回＝月船さらら、四家卯大
テキストに関して＝藤井貞和（リーディング台本監修）、甲斐聖子、鈴木啓子、鈴木さくら、井内秀明
岸野順子（春陽堂書店『Web新小説』連載担当）

・編集
永安浩美（春陽堂書店）、岡﨑智恵子（編集担当）

・博物館（取材）＝拙著『この博物館が見たい！』（二〇〇五年、ちくま新書）所収
日本の鬼の交流博物館＝京都府福知山市大江町、北上市立鬼の館＝岩手県北上市（掲載順）

・初出誌
桑原茂夫個人誌『月あかり』連載「鬼ものがたり」（第5巻第7号〜連載中）
『Web新小説』（春陽堂書店）連載「鬼ものがたり」（二〇二〇年五月〜連載中）

自筆略歴

桑原　茂夫（くわばら・しげお）

1943年、東京・芝に生まれ、幼くして焼夷弾で町が焼き尽くされる恐怖を味わい、やがて町をゴジラが歩きマリリン・モンローが通ったあと、東京オリンピックとともに町は滅び、もはや幻の世界に居場所を求めるしかなかった。そして河出書房新社を経て思潮社「現代詩手帖」の編集に携わり、そこで泉鏡花やキャロルの世界に踏み込み、澁澤龍彦さんや種村季弘さん、唐十郎さんたちが繰り広げる万華鏡と親しみながら、編集スタジオ・カマル社を立ち上げ、執筆活動にも励んできた。主な編著書に『鏡花幻想譚・全5巻』（河出書房新社）『不思議の国のアリス完全読本』（河出文庫）『御田八幡絵巻』（思潮社）『西瓜とゲートル』（春陽堂書店）など。

鬼《おに》ものがたり　今は昔の男と女

二〇二一年二月二五日　初版第一刷　発行

著　者　桑原　茂夫
装　幀　櫻井　久（櫻井事務所）
装　画　東　學（墨画集『天妖』より）

発行者　伊藤　良則
発行所　株式会社　春陽堂書店
〒104-0061
東京都中央区銀座3-10-9　KEC銀座ビル
電話03-6264-0855（代）
https://www.shunyodo.co.jp/

印刷・製本　ラン印刷社

ISBN978-4-394-90393-2 C0095